Alice au pays des femmes

Patricia Reznikov

Alice au pays des femmes

roman

Flammarion

ISBN : 978-2-0802-7113-6

For my Mother,
and the thousands of hours we spent reading together.

« Les femmes ont besoin (d'une) initiation.
Elles doivent apprendre que ni le monde intérieur
ni le monde extérieur ne sont un lit de roses. »

CLARISSA PINKOLA ESTÉS,
Femmes qui courent avec les loups

« It is a strange fact, but a true one,
that up to this moment,
she had scarcely given her sex a thought. »

VIRGINIA WOOLF, *Orlando*

Le Printemps de Botticelli

Alicia se souvient. Elle vient d'avoir dix ans, quelques mois plus tôt, lorsqu'elle obtient la permission de prendre le métro, seule, pour la première fois. Il s'agit pour elle d'aller rendre visite à une de ses amies de sixième, qui habite à l'autre bout de l'arrondissement, rue des Conventionnaires. Elle est fière lorsqu'elle s'élance, sans personne pour la chaperonner, dans les escaliers de la station. Le monde lui appartient, il est, ce jour-là, un bonbon acidulé et piquant, une brise parfumée de soleil !

Au retour, un peu avant sept heures du soir, inexpérimentée et solitaire au fond du dernier wagon presque vide, et alors qu'elle a joué toute l'après-midi avec sa camarade à réaliser des émaux multicolores dans un petit four, elle sent le regard lourd, appuyé d'un homme sur elle. Il est là, à quelques sièges d'elle, qui l'observe. Elle lève la tête, le regarde avec curiosité, puis baisse le nez sur son livre. Bientôt, du coin de l'œil, elle le voit se caresser le sexe qu'il a extrait de son pantalon. Il continue de la fixer avec insistance. Le cœur pris comme un oiseau affolé dans sa petite poitrine plate, tout son être heurté – le geste de l'homme l'épouvante, il ne correspond à aucune référence identifiable –, elle attend, figée dans une sorte de sidération, que le métro arrive à la station à laquelle elle doit descendre pour sa correspondance. Recouvrant soudain ses esprits, elle s'élance d'un bond hors du wagon et se met à marcher très vite dans les couloirs, en se dandinant, comme les marcheurs de fond, ou telle une majorette ridicule qui serait chargée d'une mission de la plus haute importance. Son cœur déboussolé bat au rythme du sang poussé dans ses veines par la peur. Vite, elle risque un œil derrière elle. Elle aperçoit l'homme qui la suit. Cette fois elle se met à courir, bouscule des voyageurs, bifurque dans un couloir, se retrouve par chance sur le bon quai et se faufile dans le wagon au moment où retentit la sonnerie stridente. Les portes se referment bruyamment. La rame s'arrache du quai, elle est sauvée.

Rentrée chez elle, elle ne dit rien et ne dîne pas. Elle n'a pas faim. Elle se couche, le ventre noué. Elle sait que quelque chose de laid vient d'avoir lieu, qu'on a essayé de lui prendre un morceau d'elle, mais elle ne saurait pas dire de quelle manière. Pour cette fois, le Petit Chaperon rouge est sorti vivant de la forêt. Cette histoire immémoriale, tapie dans la région profonde et obscure de son être, elle la connaît. Mais dans l'autre partie d'elle-même, celle qui opère au grand jour, la compréhension de ce qui s'est passé ne parvient pas jusqu'à son cerveau.

Elle s'endort sur ce mystère dégoûtant qui l'obsède et se dérobe.

Demain matin, à huit heures, elle a un devoir sur table de français.

Raconter toutes les Alice

Le temps a passé. Ou plutôt, il a glissé subrepticement jour après jour, comme les rouages inaudibles d'une vieille montre de gousset en argent qui ne paie pas de mine, dans un flux continu et sournois, sans qu'Alicia en perçoive la moindre goutte, le moindre grain. Il y a bien ces poussières qui dansent dans un faisceau de lumière, parfois, et qui provoquent toujours en elle un émerveillement. Elle est à chaque fois surprise à la vue de ces particules mystérieuses qui montent et descendent, se réunissent et se séparent, comme dans un ballet féerique de Tchaïkovski. Serait-ce, se demande-t-elle chaque fois, un petit aperçu du temps qui se donne à voir l'espace de quelques minutes pour disparaître ensuite, nous laissant dans un inconsolable désir ? *A yearning*, comme on dit en anglais. C'est un mot intraduisible.

Aujourd'hui, plus de quatre décennies plus tard, sans qu'elle ait compris grand-chose à cette matière du temps qui est passé, Alicia se dit que le moment est peut-être venu de raconter. Elle ressent le besoin d'écrire ce que c'est de naître et de grandir fille dans un monde qui n'est pas conçu pour elles.

Elle s'assied à sa table de travail et reste le doigt en l'air au-dessus du clavier innocent de son ordinateur. Un blanc passe. Une matinée entière. Le « quoi dire » lui résiste, s'enfuit. Elle prend alors sur sa table de nuit le livre entre les pages desquelles tout a commencé, il y a des années de cela, et le feuillette quelques instants. Combien de fois l'a-t-elle lu depuis l'enfance ? Des dizaines de fois. Elle en a admiré les illustrations incontestables de John Tenniel. Puis celles, envoûtantes et féeriques, d'Arthur Rackham. Elle l'a lu à tous les âges, dans tous les états d'esprit. Ce livre à nul autre pareil l'a toujours transportée.

Elle abandonne le bureau, s'allonge et se cale dans ses oreillers. Rendons grâce, se dit-elle, à Charles Lutwidge Dodgson, dit Lewis Carroll, professeur de mathématiques, passionné de fillettes et de logique, et photographe amateur de son état, d'avoir imaginé dans les années 1860 les aventures d'une fille, un petit être féminin qui, contrairement à ses congénères de l'époque, se lance à corps perdu dans des aventures de l'imagination et de l'esprit ! Une fillette qui pense le monde en le découvrant et s'interroge sur elle-même et sa place dans ce monde.

Faire parler Alice. Et si Alice s'aventurait plus loin encore, de l'autre côté du miroir de l'être-fille ? Dans ce pays supplémentaire, pas tout à fait le même, déjà un peu un autre, qui est celui de l'autre moitié de l'humanité ? D'où vient-il que c'est parfois si difficile de s'aventurer par là ?

L'autre jour, Alicia a lu que dans un pays d'Asie on obligeait les jeunes filles à montrer leurs serviettes périodiques tachées pour justifier une absence à leur cours de gymnastique. Il s'agit de démasquer les simulatrices. Leur parole ne suffit pas, leur fatigue, leurs douleurs chaque mois renouvelées, il leur faut exhiber leur sang, au besoin sur leurs doigts. Alice au pays de l'humiliation, dès l'âge de onze ans. Les *Jabberwockys* et autres monstres ne manquent pas au pays des femmes, les figures ricanantes et les situations absurdes non plus. C'est un monde qui n'a parfois ni queue ni tête. Grandir, évoluer, se construire, pour les filles, s'opère sur une marelle cruelle. Il faut souvent danser une méchante ronde, se rendre à des *tea parties* insensées et hostiles, se heurter à des questions obscures et dont les réponses sont longues à venir.

Alicia revient à sa table et se met à taper les premiers mots. Elle contemple, dans son esprit, son livre de chevet tant de fois parcouru. Se met à le réécrire. Elle puise dans son expérience de femme, dans celles de toutes les femmes, elle se penche sur tous ces récits qu'on lui a confiés et cueille et récolte, les unes après les autres, les joies, les blessures.

Les rouages silencieux du temps autour d'elle tournent, insaisissables. Ils sont à l'œuvre depuis toujours. Ils sont les témoins de ce qu'elle a vécu.

Quand bien même elle tremperait sa montre dans sa tasse de thé au lait, comme Le Chapelier Fou et le Lièvre de Mars, cela n'arrêterait pas le mouvement. Mais voilà que ces rouages se mettent au service de l'écriture. Le temps est peut-être en fin de compte son allié. Dans une sorte de fluidité d'eau, de rivière, elle écrit une après-midi entière.

Voilà, se dit-elle, à quoi pourraient ressembler, si je les écrivais, les nouvelles et étonnantes aventures d'Alice au pays des Femmes.

L'Invitation de la Lapine

Alice commençait à se fatiguer d'être assise à côté de sa mère, au bord de la rivière, et de n'avoir rien à faire. Sa mère et elle avaient bien lu, chacune son tour, en anglais, *La Ferme des animaux*, Alice prenant bien soin d'articuler en anglais et de mettre le ton, malgré la tension qui résultait de la peur de tomber sur un mot qu'elle n'aurait jamais rencontré et dont elle ne saurait pas exactement où placer l'accent tonique, *Rebellion*, *democracy*, *Animalism, pacifism*. Sa génitrice s'était, à un certain moment, laissée aller contre le tronc de l'arbre sous lequel elles s'étaient abritées de la chaleur, et s'était endormie. Alice ne s'en était pas aperçue tout de suite. Ce n'est que lorsqu'elle avait relevé la tête, à un moment, pour quêter l'approbation de sa mère, qu'elle s'était rendu compte qu'elle était désormais seule dans l'univers de George Orwell. Un instant désarçonnée, elle avait doucement refermé le livre et l'avait posé sur l'herbe. Elle étouffa un bâillement. La lecture l'avait fatiguée elle aussi. Et puis à quoi bon lire un livre qui évoquait des animaux parlants, des créatures pensantes, si on n'en rencontrait jamais une seule ?

Alice tourna la tête prudemment et contempla le visage aux traits tirés de sa mère. Il lui semblait souvent qu'être mère était une activité éreintante. Elle scruta les fines ridules et les plis de son visage, ses paupières gonflées. Sa génitrice lui sembla soudain une étrangère, abîmée dans une absence insondable. Était-ce bien la même qui, tout à l'heure, lisait d'une voix enjouée ? Comment être sûre de l'identité de cette femme épuisée et brusquement indifférente ? Comment savoir si ce qu'elle pensait lorsqu'elle était fraîche et dispose, puis ensuite épuisée et comme transparente, provenait de la même personne ? Comment être sûre qu'elle l'aimait, elle, Alice ?

La fillette réfléchit, mobilisant tous les circuits disponibles dans sa tête. L'opération lui demandait un certain effort car la chaleur l'engourdissait beaucoup, et elle sentait son cerveau se ramollir. Dans le même temps, elle se demandait s'il valait la peine de se lever pour cueillir des pâquerettes qu'elle pourrait ensuite tresser en une guirlande, lorsque soudain un lapin blanc aux yeux roses passa devant elle en trombe. En réalité ce devait être une lapine, car elle était habillée d'une robe de brocart et portait un coquet chapeau à fleurs d'où dépassaient ses longues oreilles ourlées de rose.

Un peu sonnée, ses sens vaguement émoussés, Alice se dit qu'il y avait certainement quelque chose de remarquable à cette Lapine. Peut-être était-elle échappée des pages de son livre, de la ferme de Mr Jones ? Et dans ce cas, il ne s'agissait pas d'un animal ordinaire. Pourtant, elle ne se souvenait pas y avoir trouvé, aux côtés des cochons Old Major, Snowball ou Napoléon, des chevaux Boxer ou Mollie, de Benjamin l'âne ou de la chèvre Muriel, un lapin. Elle s'étonna à peine d'entendre l'animal se parler à lui-même et dire :

— Mon Dieu, mon Dieu, je vais arriver trop tard pour la cérémonie de la métamorphose ! Et dire que pendant ce temps-là l'horloge biologique tourne !

Pourtant, lorsqu'elle y repensa par la suite, il lui sembla qu'elle aurait dû trouver cela remarquable, mais en même temps, tout cela avait l'air si naturel...

Finalement, lorsque la Lapine s'arrêta, regarda sa montre, et se remit à courir en tenant son chapeau d'une patte, Alice se leva d'un bond, car il lui vint brusquement à l'esprit qu'elle n'avait encore jamais vu un lapin avec une montre. Brûlante de curiosité, elle rajusta la bretelle de son minuscule soutien-gorge – qu'elle avait acheté au Prisunic avec sa mère quelques jours plus tôt et dont elle s'enorgueillissait – et se précipita derrière lui à travers la prairie, oubliant sa génitrice, cet après-midi de lecture un peu ennuyeux, et tous les animaux sentencieux de la ferme de Mr Jones. Elle eut juste le temps de le voir disparaître dans un grand terrier sous la haie.

Une seconde plus tard, Alice sautait dans le trou après lui, sans se demander le moins du monde comment elle ferait pour en ressortir.

Le Jardin en elle

Pendant longtemps, Alicia ne sut pas qu'elle était une fille. Personne n'avait songé à le lui dire. Et d'ailleurs, quelle importance ? Elle était élevée comme un être humain indifférencié.

Bien sûr, elle se rendait chaque jour dans l'*école de filles* de la rue des Herbes. Évidemment, elle portait des jupes, des robes, un jupon en tissu soyeux sous ces robes. Ainsi que des collants et des petites chaussures vernies à bride. Elle aimait se coiffer le matin et attacher ses cheveux longs avec toutes sortes de barrettes, larges en plastique coloré, ou fines décorées de coccinelles ou de papillons, d'élastiques munis de boules rouges qui ressemblaient à deux cerises mûres, ou même parfois de rubans. Bien sûr, elle adorait sauter à la corde et jouer à la marelle. Mais assise par terre, en robe ou en salopette, les jambes écartées, elle appréciait également de s'adonner à de folles parties de billes et d'osselets. Puis de courir après ses camarades, à perdre haleine, toute à une ivresse bienheureuse.

Elle aimait contempler rêveusement les fleurs chinoises en papier, celles qui s'ouvraient dans l'eau d'un verre après plusieurs heures d'attente, ou décorer de décalcomanies multicolores tous les objets qui lui tombaient sous la main, en frottant dessus avec application. Elle pouvait passer des minutes entières à scruter le minuscule jardin « japonais » que lui avaient offert ses parents. Avec son petit pont rouge, son cactus et sa dame en kimono bleu et ombrelle rose qui s'apprêtait à traverser la rivière, à petits pas, ce minuscule paysage lui semblait, à elle, Alicia, aussi réel que celui qu'elle voyait par la fenêtre de chez elle. Elle aimait aussi rapporter des fourmis de la cour de l'école, prisonnières d'une page arrachée à son cahier et pliée, pour les libérer à la maison et les regarder courir à droite et à gauche, ou bien démonter systématiquement tout objet pour en créer immédiatement un nouveau.

Être une fille, en ces années soixante, ne lui paraissait pas être une chose qui comptait, ni même pertinente. Elle ne se sentait pas différente des garçons. Peut-être juste un peu plus emplie de questionnements.

Il lui arrivait souvent de se poser ces questions devant le miroir de la salle de bains, en se brossant les dents ou en se coiffant. C'étaient des interrogations non verbales, qui prenaient place dans sa tête comme des images. Une sorte de langage de chat ou de cheval. Ou d'oiseau. Ainsi, quand elle se demandait si sa mère allait s'apercevoir qu'elle avait seulement fait semblant de se brosser les dents, le visage maternel courroucé lui apparaissait immédiatement dans la tête, sans qu'elle ait besoin de se formuler quoi que ce soit. Si elle se posait la question du temps comme donnée stable, une représentation laiteuse, lumineuse de ce temps, comme une sorte de dessert au tapioca agrémenté de minuscules paillettes de lumière, occupait soudain son esprit et lui donnait la réponse immédiatement. C'était certainement de cette manière que les animaux, dans leur mystérieux univers de beauté, devaient penser, se disait-elle.

Enfin, qu'importait d'être une fille ou un garçon, pourvu qu'on puisse rêver.

Au centre de la Terre

Alice se retrouva à chuter dans un puits très profond. Tout en tombant, elle regardait autour d'elle et se demandait ce qui se passerait ensuite. Était-ce normal de tomber ainsi ? Quelles seraient les conséquences de cette chute inattendue ?

Au début il fit très noir, une nuit d'encre de Chine aux confins de probables cauchemars. Alice se représenta des poulpes géants aux tentacules pleins de ventouses, récitant des théorèmes de mathématiques abscons, tout en crachant de l'encre violette, comme celle des encriers d'autrefois, dans sa classe de 11ᵉ. Puis elle distingua sur les parois du puits des étagères remplies de bocaux étranges. Il lui semblait que ces derniers contenaient des choses vagues conservées dans du formol, un cerveau, un fœtus, des cornichons à la russe, peut-être. Elle réussit à se saisir de l'un de ces bocaux au passage, mais il s'avéra vide, rempli seulement de fumées vaporeuses. Dommage, j'aurais bien croqué dans un cornichon, se dit-elle, déçue.

La chute continuait toujours, accompagnée du bruissement soyeux de sa robe, comme un tendre chuchotement. Je me demande combien de kilomètres j'ai déjà parcourus, pensa-t-elle à voix haute, ses cheveux longs dressés au-dessus de sa tête par le vent, je dois certainement approcher du centre de la Terre ! Mais Alice continuait de tomber encore et encore. Elle se fit la remarque que c'était plus intéressant que de somnoler à côté de sa mère épuisée – lorsqu'elle dormait, cette dernière paraissait s'échapper dans un pays inaccessible où elle ne se préoccupait plus de son enfant –, dans cette chaleur insupportable de l'été, la tête habitée de mots abstraits. Soudain, elle atterrit dans un grand boum sur un tas de feuilles mortes.

Elle se remit d'un bond sur ses pieds et constata, surprise, qu'elle n'était la proie d'aucune douleur. Elle vérifia – à l'aune de ses modestes connaissances en anatomie – qu'il ne lui manquait aucun os ou articulation. Elle leva les yeux. Le ciel au-dessus de sa tête était très noir, c'était une obscurité épaisse, troublante. Impossible de deviner tout en haut la sortie du terrier. Mince, c'est aussi noir qu'un rouleau de réglisse, se dit-elle en se remémorant son bonbon préféré, tout de goudron luisant, enroulé comme un escargot avec, en son centre, une dragée rouge ou verte, qu'elle s'achetait parfois avec son argent de poche à la guérite du parc.

Devant elle, un long corridor s'ouvrait dans la pénombre. Soudain, elle eut juste le temps d'apercevoir la Lapine blanche qui s'enfuyait tout au bout. Il n'y avait pas un moment à perdre et elle se précipita derrière elle. Arrivée tout près, elle l'entendit qui marmonnait comme tout à l'heure :

— Par le Grand Sablier, comme il se fait tard, l'horloge biologique tourne !

Et puis brusquement elle ne fut plus là. Alice se retrouva seule dans une pièce mystérieuse éclairée par des candélabres. Comme c'est étrange, se dit-elle, espérons que cette pièce ne sert pas de salon à des monstres terrifiants. Elle appela de toutes ses forces mais personne ne lui répondit.

Elle remarqua à cet instant une petite table sur laquelle était posée une minuscule clé d'or. Il lui sembla qu'elle n'y était pas la minute précédente.

C'est alors qu'un paravent attira aussi son œil. Cet objet doit cacher quelque chose, se dit Alice. C'est, d'habitude, ce que font les paravents.

Elle s'en approcha et se pencha timidement afin de jeter un coup d'œil derrière. Elle poussa un cri. Un bébé reposait dans un couffin et pleurait doucement, son cordon ombilical dépassant de ses linges. Le minuscule visage de l'enfant n'était pourtant pas effrayant. Il était même ravissant et lui fit penser au visage délicat d'un enfant Jésus qu'elle avait admiré au Louvre, avec ses parents, un dimanche pluvieux pendant lequel elle s'était un peu ennuyée – heureusement, on lui avait acheté après un esquimau à la fraise.

Puis elle repéra un portrait accroché au mur. L'homme arborait une longue barbe, un couvre-chef démodé, et son regard était bienveillant. On aurait dit une sorte de grand prêtre ou de rabbin très ancien. Il regardait Alice avec une lueur de malice, et quel que soit le mouvement qu'elle faisait pour se soustraire à son regard pénétrant, il la suivait des yeux, comme la Joconde ! Prenant alors son courage à deux mains, elle s'avança pour déchiffrer une ligne de texte calligraphiée au bas du tableau. Elle lut à haute voix :

Il faut garder l'enfant.

Ça alors, se dit-elle, mais que faire de ce nourrisson ? Elle n'eut pas le temps de se poser davantage la question, car une petite porte apparut soudain près du tableau.

— Toutes mes excuses, cher petit enfant, balbutia-t-elle, mais je crois que cette porte me demande de la franchir.

Elle se mit à genoux et introduisit la minuscule clé d'or trouvée sur la table dans sa serrure. Le battant s'ouvrit. Un jardin apparut alors qui lui sembla tout à fait merveilleux. Il était plein d'oiseaux multicolores qui chantaient à tue-tête. Alice adorait les oiseaux, car ils n'avaient pas l'obligation de rester à table pour finir leur assiette de foie de veau ou de cervelle d'agneau, ni de s'asseoir les jambes croisées pour éviter que l'on voie leur culotte. Hélas, le passage était bien trop petit pour qu'Alice accède au jardin.

La fillette se sentit découragée. Si seulement je pouvais rapetisser, se dit-elle, devenir une minuscule amibe – elle adorait ce mot qui ressemblait au mot « ami » depuis qu'elle l'avait découvert à l'école. Elle leva les yeux vers le vieux prélat d'un autre temps qui eut l'air d'approuver. Quel dommage que je n'aie pas emporté mon dictionnaire. J'aurais pu chercher le nom « amibe » et l'invoquer. Elle savait déjà, malgré son jeune âge, que les mots recèlent tous les pouvoirs.

Œdipe maladroit

Parfois, il arrivait que la mère d'Alicia soit très fatiguée et qu'excédée, elle lui lance d'un ton acide :

— Tu veux toujours épouser ton père ? Eh bien, je te le laisse avec joie, je n'en veux plus !

Il semblait bien à Alicia que les mots maternels étaient dictés par une certaine lassitude. Fatigue d'avoir à élever une enfant trop sensible. Lassitude de ne s'en être pas débarrassée quand il en était encore temps. Courage, malgré tout, d'avoir décidé du contraire. Mystérieuses asthénies de toutes sortes engendrées par le fait d'être une femme. Car sa mère était une femme, elle en était sûre. Tout comme son père était un homme, cela ne faisait pas non plus de doute. C'est bien pour cela qu'Alicia était déterminée à l'épouser plus tard. Quand cela ? Elle n'avait pas vraiment réfléchi à la chose. Dans un avenir vague, lorsqu'elle aurait grandi, quand elle se serait lassée des fourmis et des décalcomanies, qu'on aurait cessé de rallonger chaque année les ourlets de ses vêtements et qu'elle saurait lire ses livres toute seule – condition qui lui paraissait indispensable – et que sa mère, justement, se serait lassée de ce mari-père-géniteur à la vie duquel elle avait lié la sienne dans un élan peut-être irréfléchi. Un jour.

Ce désir d'union avec le grand amour de sa vie ne prouvait-il pas, justement, qu'elle était une fille ? D'une certaine manière, oui, on ne pouvait pas contredire cela.

Elle adorait que son père la ramène de son cours de théâtre, le soir, tout le long de l'interminable mur qui entourait le cimetière aux grands arbres, la tête sur son épaule, presque endormie dans ses bras. C'était un moment exquis. Elle raffolait aussi des histoires qu'il lui racontait, assis au bord de son lit, avant d'éteindre la lumière. Il y avait eu l'*Odyssée*, *Les Voyages de Gulliver*, *Les Douze Travaux d'Hercule*. Une fois les douze racontés, il en avait inventé d'autres, beaucoup d'autres. Elle en avait déduit qu'il lui recommandait d'être forte et astucieuse, comme ce héros grec particulièrement inventif. Mais devait-elle être, pour autant, un homme ? Pourquoi n'y avait-il pas d'Hercule féminin ?

Une fois la lumière éteinte, dans le minuscule appartement, elle écoutait les battements de son cœur affolé par la tâche à accomplir, sans réussir à dormir. Les ombres jetées sur les murs de sa chambre par les stores se réunissaient, se séparaient, se retrouvaient à nouveau en une folle sarabande digne de celle d'*Une nuit sur le mont Chauve* qu'elle avait découvert, avec horreur et fascination, dans

Fantasia, au cinéma. Derrière la porte sous laquelle filtrait un rayon jaune se déroulait la vie parallèle et mystérieuse de ses parents, tels les cycles des terres vierges d'un continent lointain et inexploré. Souvent, elle entendait le clic-clac de la machine à écrire paternelle. Ou bien quelques éclats de voix d'une émission à la radio. Parfois de la musique. Peut-être ses parents dansaient-ils, lentement, langoureusement, au son d'une mélodie belle et sensuelle, étrange, venue du grand poste à gros boutons. Peut-être dialoguaient-ils dans une langue inconnue, parlée seulement par les adultes, ou les vieux arbres, à l'aide de mots opaques et incompréhensibles, aux sons rauques.

Ou bien alors, elle avait rêvé tout cela. Elle n'était pas l'enfant de ses parents, d'ailleurs elle n'était l'enfant de personne, elle n'était même pas allongée dans son lit dans le petit appartement familial, ses cheveux moites, collés à ses joues en feu, sous ses couvertures emmêlées. Elle vivait libre, au pôle Nord, parmi les Inuits. Elle avait pour mission de consigner dans un grand cahier, où elle prenait soin de bien tracer, au porte-plume, les lettres majuscules, chaque nuance de blanc, chaque aurore boréale et chaque flocon de neige tombé. Ne lui avait-on pas expliqué que ces derniers étaient tous différents et uniques ?

Lorsque, vaincue, elle fermait enfin les yeux, des tourbillons d'étoiles incandescentes virevoltaient sous ses paupières et l'emmenaient loin, loin, toujours vers la droite. On aurait dit que quelque chose lui commandait de se hisser dans cette direction. Vers une pagode bouddhique illuminée dans la nuit, ou un bateau dont tous les cordages étaient peints en or. Elle peinait à suivre les étoiles des yeux, elle n'arrivait pas à monter si haut, elle avait oublié d'emporter son goûter. Sa vie future, pourtant, devait certainement se trouver dans cette direction, se disait-elle, avant de sombrer dans un sommeil poisseux.

Être une chose et son contraire

Alice se redressa et se mit à explorer la grande pièce étrange, espérant y trouver un grimoire rempli de formules magiques permettant de rapetisser. À la place, elle repéra un très petit flacon posé sur la table en verre, dont l'étiquette portait le message suivant :

Si vous le pouvez, buvez-moi sans regret.

Alice pensa un instant qu'il pouvait s'agir de poison. Mais alors, si c'était le cas, il serait difficile de ne pas éprouver de regret de l'avoir bu. Conséquemment, il ne pouvait être question de poison – la fillette n'était pas dépourvue de logique –, tout au plus d'alcool fort, peut-être, comme certains que sirotaient les adultes dans son entourage – généralement cela les faisait rire très fort – et qu'elle s'était un jour aventurée à goûter. Pour être honnête, elle n'avait pas trouvé cela tout à fait désagréable.

Dévissant le petit bouchon en argent, elle renversa la tête en arrière et en but le contenu d'un trait. Il était sucré avec un goût de cerise. Immédiatement, elle se sentit rétrécir. Allait-elle devenir aussi petite qu'une amibe ? C'était une sensation dérangeante, angoissante même. Dommage qu'elle n'eût pas sur elle un tube de *Gelsemium*. Elle en aurait pris trois granules, comme quand sa grand-mère lui en administrait pour l'aider à vaincre le trac juste avant de jouer dans le spectacle de fin d'année.

Lorsque calmée, elle reprit ses esprits, elle ne mesurait pas plus de vingt-cinq centimètres. Voilà à peu près la taille que je devais faire dans le ventre maternel, se dit-elle, après que ma mère a décidé de m'y laisser grandir en paix. Elle attendit un peu, inquiète à nouveau à l'idée de continuer de rétrécir jusqu'à disparaître tout à fait. Car si c'était le cas, où irait-elle ? Dans quelle dimension ? Elle ne voulait pas s'éteindre tout de suite, comme la flamme vacillante d'une petite bougie, et être engloutie dans le Rien. Il lui semblait, confusément, qu'elle avait encore de nombreuses choses à accomplir.

Pour se rassurer un peu elle fouilla dans sa poche et en sortit son porte-clés préféré. C'était une publicité pour la Vache-qui-rit que lui avait offerte l'épicier de son quartier, quelques années plus tôt, un jour qu'elle y avait accompagné sa mère. Les petits triangles familiers de fromage emballés dans du papier d'aluminium étaient des fidèles des repas à la cantine et des pique-niques. Leur goût n'était pas vraiment bon, mais les petits fromages étaient amusants à déballer et rassurants. Ce qu'elle aimait dans cet objet, c'est que le visage souriant et écarlate de la célèbre vache bougeait grâce à un ingénieux stratagème de rayures en volume dans le dessin. Comme s'il clignotait. Elle n'était pas sûre d'en comprendre le fonctionnement, et cela le rendait d'autant plus précieux. Glissant son index dans l'anneau de métal, elle le fit alors bouger rythmiquement, et le bovidé lui lança à chaque fois un clin d'œil. Brave Vache qui rit, on pouvait toujours compter sur elle pour vous accompagner dans toute situation, même la plus bizarre.

Puis, comme rien ne se passait plus du côté de sa métamorphose, elle remit le précieux viatique dans sa poche, et en conclut qu'elle avait atteint la taille prévue par le mystérieux élixir – la taille qui faisait de vous une personne susceptible de vivre de passionnantes et dangereuses aventures – et se décida à explorer le très beau jardin. Malheur ! Elle avait laissé la petite clé sur la table et, à présent, elle était trop petite pour l'atteindre. Elle était si petite, d'ailleurs, qu'elle flottait désespérément dans son petit soutien-gorge à fleurs qui la rendait si fière encore quelques minutes auparavant.

Alors elle se mit à pleurer. C'est ce que l'on attend d'habitude des filles, se dit-elle dans un éclair de lucidité, tout en éclatant en sanglots.

Puis elle se ressaisit et se mit à se gronder elle-même. Généralement elle se donnait d'excellents conseils, même si elle les suivait rarement. Cherchant alors dans la pièce elle ne savait trop quoi, elle découvrit sous la table un carton de pâtissier qu'elle ouvrit : à l'intérieur se trouvait une tartelette au citron, sa pâtisserie préférée, sur laquelle était inscrit en lettres de sucre :

Mangez-moi et soyez optimiste

Je me demande comment ce carton est arrivé là, se dit-elle, je n'ai vu passer aucun livreur sur une moto. Si je grandis je pourrai atteindre la clé, puis si je rétrécis à nouveau, je pourrai passer par la petite porte et entrer dans le jardin. Ou alors peut-être me transformerai-je en oiseau ? Ou en garçon ? Ses pensées sur la question de son identité étaient, à ce stade, de moins en moins claires.

La Jeune Fille et la Mort

Pour Alicia, c'était toujours la même chose.

Elle était presque chaque fois en retard. Les cours, au gros collège Balzac, commençaient à huit heures quinze et, pour quelqu'un qui comme elle n'était pas du matin, le traumatisme était chaque jour recommencé.

Encore engluée dans des rêves inachevés – une fois de plus elle avait lu, trop tard, sous ses couvertures avec une lampe de poche, un livre miraculeux qu'elle n'arrivait pas à refermer –, elle appuyait maladroitement, à tâtons, sur le bouton de son réveil pour en arrêter la sonnerie atroce, faisant tomber la lampe qu'elle avait bricolée avec une boule en raphia et du fil de fer. Elle tentait ainsi de glaner encore quelques minutes de sommeil, mais son père venait frapper à sa porte et anéantissait tout retour possible vers la volupté. Elle ouvrait alors les yeux sur les petits objets qui ornaient les étagères, près de son lit. Ces objets magiques, trouvés lors de voyages familiaux, avaient en eux le pouvoir de la rendre à la vie. Une petite bouteille en verre bleu, rapportée des États-Unis l'année du bicentenaire de l'Indépendance, la minuscule réplique en faïence de la maison de Shakespeare, achetée à Stratford-upon-Avon, la ville natale du barde, une autre, bleu et blanc, tout étroite, dénichée à Amsterdam. Une bougie verte avec des paillettes mauves, fabriquée par ses soins et à demi consumée, un morceau de pyrite de fer, scintillant comme des marcassites, un gros cristal de roche, ainsi qu'une reproduction sur une carte postale du tableau « Carnation, Lily, Lily, Rose » du peintre anglais John Singer Sargent, dans lequel des fillettes allument de gracieuses lanternes en papier dans un jardin au crépuscule, rapportée de la Tate Gallery de Londres. Et un coquetier très carrollien, en forme de lapin, offert par sa grand-mère. Ces objets étaient des intermédiaires indulgents, des petits dieux lares, veillant sur elle entre le monde de la nuit et les ternes réalités de la journée qui s'annonçait.

La magie accomplie, elle avalait en hâte un petit déjeuner frugal, seule dans la cuisine familiale déserte, les yeux encore collés de sommeil, puis coiffait ses cheveux, ni vraiment raides, ni vraiment ondulés, devant la glace de la salle de bains. Pendant toute une période, elle se fit des tresses qu'elle enroulait autour de sa tête. Que voyait-elle dans le miroir ? Que distinguait-elle de sa personne enfantine, encore ensommeillée, de l'impression sûrement hétéroclite qu'elle projetait sur les autres ? Un visage de fillette sur un grand corps de presque adolescente. Ses cheveux auburn, ses taches de rousseur, ses cils pâles. Son mètre soixante-douze, soixante-quinze, maladroit, comme déplacé. Une vague accumulation de tout cela, sans doute, un ensemble confus.

Elle attrapait ensuite son sac de classe, un panier tressé peu pratique, ou une gibecière en toile kaki déchirée, bourrée à craquer de livres et de cahiers, et partait en courant, toujours trop légèrement vêtue. Invariablement elle avait froid. En chemin elle rencontrait de la brume, du brouillard, du crachin, un air glacé térébrant, ou bien une pluie franche. Elle avait oublié son écharpe, ses gants. N'avait pas mis un pull assez chaud. Ses pieds étaient vite trempés, voire complètement gelés.

Il n'existait pas de transports pratiques pour se rendre au collège, aussi marchait-elle toujours la demi-heure, d'un pas pressé, le long de l'interminable avenue jusqu'au carrefour. Elle tournait ensuite à gauche dans la rue des Constructeurs. Dans son souvenir elle est toujours en travaux, et *ils* sont toujours là, embusqués. Ou bien alors elle montait tout droit par la rue de la Bourse, puis bifurquait à gauche, un peu plus haut par la ruelle.

C'était dans ces rues-là qu'*ils* étaient, les hommes. Des ouvriers à moitié enterrés dans un chantier de voirie, ou perchés sur un échafaudage, dans le froid, habillés de vêtements usés et sales, qui la dévisageaient. Ils la regardaient passer, la jaugeant. Ils avaient une façon de la fixer tout en faisant un mouvement de la tête, de bas en haut. Souvent ils lui lançaient des réflexions admiratives et en même temps agressives. Alicia le sentait au plus profond d'elle-même, les deux manières étaient intimement mêlées. Ils accompagnaient leur regard appuyé de gestes éclairants, parfois même ils lui jetaient une phrase en un idiome inconnu d'elle, pleine d'envie et de reproches dont, assez mystérieusement, elle comprenait parfaitement le sens. Et ce sens ne laissait pas de la surprendre, de la stupéfier. Le fait qu'elle puisse l'appréhender et qu'il s'adresse à elle. Le fait qu'ils se sentent invincibles, qu'ils échappent à toute sanction et le sachent. Elle aussi connaissait cette loi tacite. Il n'y avait personne pour la protéger à sept heures cinquante-cinq du matin de leur désir sale, offensant, de leur vulgarité hostile. C'était comme s'ils souhaitaient la lapider. Mais aussi la garder pour eux. Elle avait douze ans et des nattes enroulées sur sa tête. Elle n'avait encore jamais eu ses règles et elle était seule.

Elle passait en vitesse, les yeux baissés, troublée, comme un papillon froissé, qu'on aurait pris dans un filet. Le cours de mathématiques de Mme Medilia allait commencer dans quinze minutes. N'ayant rien compris, comme d'habitude, aux exercices de la veille, inquiète, bourrelée d'angoisse, elle avait mal dormi.

Un océan de larmes

De plus en plus *bizarresque*, se dit Alice, si étonnée qu'elle en oubliait de parler un bon français. Elle avait croqué dans la tartelette au citron. À présent, elle grandissait tellement qu'elle perdait rapidement de vue ses pieds. J'espère les revoir un jour, se dit-elle, avec nostalgie.

Sa tête heurta le plafond et lui causa une vive douleur. Elle devait mesurer au moins deux mètres cinquante ! Quelque peu étourdie, elle s'empara de la clé d'or et se précipita vers la petite porte du jardin. Hélas, une fois ouverte, celle-ci était si minuscule qu'Alice n'avait aucune chance de pouvoir la passer.

Encore une fois, comme souvent, elle se sentait à côté de la plaque, mal configurée. Particulièrement inadaptée. Elle était sûre que les garçons se posaient moins de questions, qu'ils étaient davantage à l'aise dans toutes sortes de situations. Cette fois c'en était vraiment trop ! Elle se laissa tomber par terre et se mit à sangloter tout son saoul, tant la vie lui paraissait absurde, et même douloureuse et injuste. Des litres et des litres de larmes jaillirent de ses yeux en cascades claires et étincelantes,

Bientôt, une belle mer aux reflets d'argent s'était formée autour d'elle, profonde de plusieurs centimètres et qui occupait presque toute la pièce.

À cet instant, elle crut entendre un petit bruit de pas mouillé. Elle tourna la tête. C'était la Lapine Blanche qui revenait, fébrile, habillée d'une robe de fête. Elle portait un éventail qu'elle agitait avec fièvre, et des gants en chevreau blancs, et marmonnait quelque chose dans ses moustaches. Alice crut entendre :

— Oh, la Duchesse, la Duchesse ! – à moins que ce ne soit : Oh, la psychanalyste, la psychanalyste ! Elle va être terrible avec moi si je la fais attendre !

Alice se souvenait d'être arrivée en retard une fois chez sa psychothérapeute. Elle avait absolument tenu, avant de s'y rendre, à vider son cartable pour essayer d'y retrouver sa barrette préférée, celle avec la libellule. Mais la dame n'avait pas été particulièrement terrible avec elle, elle l'avait juste gardée moins longtemps. Cette fois, pourtant, Alice était déterminée à demander de l'aide – ce qu'elle n'osait faire chez sa thérapeute – et s'adressa poliment au Lapin.

— Pardon, Votre Excellence…

L'animal sursauta brutalement et laissa tomber son éventail dans l'eau avant de s'enfuir, sans demander son reste, dans l'obscurité ouatée du corridor.

Alice repêcha l'éventail, l'égoutta, et se fit de l'air avec. Elle avait vu des femmes d'âge mûr faire la même chose et discuter en même temps d'une « pause » mystérieuse qui n'était « pas de la tarte » et des changements consubstantiels constatés. Fallait-il qu'au cours de la vie l'on soit constamment en train de changer ? Elle-même avait-elle changé depuis la semaine dernière ? Aborderait-elle bientôt cette adolescence effrayante et ésotérique dont on lui rebattait les oreilles ?

Alice en était à ce stade de ses réflexions lorsqu'elle s'aperçut qu'elle s'était de nouveau mise à rapetisser. Elle lâcha l'éventail et le processus s'interrompit. Ouf ! Il était moins cinq, s'exclama-t-elle, constatant qu'elle était redevenue presque minuscule. Elle se précipita vers la petite porte du jardin. Hélas, elle était fermée une fois de plus et la clé d'or était restée sur la table, comme la première fois. C'est pire qu'avant ! s'exclama la pauvre enfant, je n'ai jamais de toute ma vie été aussi petite ! Ce qui était faux, puisqu'elle avait été une créature bien plus insignifiante in utero.

Alors qu'elle proférait ces mots, elle glissa, plouf !, et se retrouva dans l'eau jusqu'au cou. Sa première pensée fut qu'elle était tombée dans la Manche et, dans ce cas, c'est très facile, pensa-t-elle, je pourrai rentrer en train. Car pour elle, la mer était une petite station balnéaire envahie de Parisiens le week-end, avec un casino et un petit bazar où acheter des bouées et des épuisettes, et une petite gare pimpante que l'on mettait deux heures à atteindre depuis la capitale. Ou bien alors une longue plage grise et venteuse du Cotentin, qu'il fallait rallier à travers le bocage et, dans ce cas, elle pourrait toujours arrêter un paysan sur son tracteur rouge qui l'emmènerait jusqu'à la gare.

Mais bientôt elle comprit qu'elle barbotait dans un lac constitué de ses propres larmes. Évidemment, se dit-elle, puisque je suis une fille et que les filles pleurent. Est-ce à dire que les filles souffrent plus que les garçons ? Il faudrait se pencher sur la question. Si seulement je n'avais pas pleuré autant... Je vais finir proprement noyée dans mes larmes, comme une mouche dans un verre de limonade, se dit-elle.

C'est alors qu'elle devina que quelqu'un brassait l'eau non loin d'elle. Elle s'en rapprocha, pensant qu'il s'agissait peut-être d'un gros chien ou d'un éléphant – sa capacité à évaluer correctement les proportions avait été manifestement altérée par ses nombreuses métamorphoses physiques –, non, c'était une chauve-souris de la même taille qu'elle, coiffée d'un petit chapeau chinois de soie rouge.

— Ô, Chauve-Souris, lui lança Alice, car elle se souvenait d'avoir appris de son père, qui lui racontait les récits de la mythologie, que l'interjection vocative Ô était employée lorsqu'on s'adresse à une divinité, à une personne révérée ou à quelque chose de personnifié et, dans ce cas-ci, pourquoi ne pas l'utiliser ?

L'animal lui jeta un regard dubitatif et ne répondit pas, continuant à mouliner péniblement avec ses pattes pour avancer. Si elle a nagé jusqu'ici depuis la Chine, ce n'est pas très étonnant qu'elle ne réponde pas, elle doit être épuisée, se dit Alice, qui se sentait vaguement coupable d'être à l'origine de cette mer tumultueuse. Elle tenta tout de même d'engager la conversation. Le chiroptère finit par lui répondre dans un français parfait.

— Nageons vers le rivage, voulez-vous, et nous pourrons discuter.

D'ailleurs il était temps, car le lac de larmes s'était soudain rempli de toutes sortes de créatures tombées dedans, la plupart disparues de la surface de la Terre à cause de la bêtise des hommes – et non des femmes ! remarqua pour elle-même Alice – comme le lion de Barbarie, le dodo, l'auroch ou le cheval Tarpan, et qui se débattaient pour ne pas s'y noyer.

Toute cette compagnie hétéroclite suivit, en nageant tant bien que mal, la jeune fille jusqu'à la plage.

L'Amie russe

Alicia passa en revue ses camarades du collège. Toutes semblaient bien être elles-mêmes. Des filles souriantes, drôles, certaines sûres d'elles, bonnes en maths, assez douées en gymnastique, en Histoire, un peu naïves parfois, aimant des chansons idiotes, des chanteurs ridicules, parfois rêveuses, souvent amoureuses. Certaines arboraient des écharpes ou des pulls tricotés par leur mère, d'autres un petit bijou en or offert pour leurs douze ans, leurs quinze ans par leur grand-mère, c'était une tradition familiale. Certaines montraient fièrement un sac rapporté par leur père d'un de ses voyages, ou un vêtement emprunté à leur mère dont elles étaient proches et complices. Il y en avait qui portaient le même vernis à ongles qu'elle, ou le même fard à paupières bleu. Toutes frivolités indispensables au bon développement de la féminité, sans doute. L'une d'elles, qui savait si bien dessiner, une Léonard de Vinci miniature, ornait ses marges de feuilles de visages magnifiques à l'élégance classique. Une autre était nulle en maths mais si douée en français, elle était capable d'écrire comme certains auteurs étudiés en classe, Albert Camus ou Boris Vian. Des filles, quoi. Même si on savait qu'une fille est un peu moins un être humain qu'un garçon.

Et puis il y avait Alicia. Différente, un peu fille, qui lisait et relisait *Les Aventures d'Alice au pays des merveilles*, mais pas vraiment fille non plus, qui aimait porter les vieilles chemises de son père, mais pas garçon pour autant, dont la culture familiale bizarre ne ressemblait en rien à celles des autres, dont les références étaient étranges. Comment, à quinze ans, pouvait-on lire, seule, en anglais, *Délivrance* de James Dickey, ou *Le Réparateur* de Bernard Malamud ? Ou *Le Choix de Sophie* de William Styron ? ou *Le Faiseur de pluie* de Saul Bellow ? Des récits puissants, parfois cauchemardesques, écrits par de grands écrivains, qui teintaient ses journées d'un certain effroi, ou bien d'une mélancolie poisseuse. Pas de vernis à ongles, pas de fard à paupières, pas de bijou en or, mais elle connaissait par cœur toutes les comédies musicales de Stanley Donen ou Vincente Minnelli avec Gene Kelly. Ou les dialogues des films de Renoir ou de Carné et Prévert. Ou les merveilleuses et envoûtantes illustrations de l'artiste anglais Arthur Rackham. Une enfant qui passait le plus clair de son temps à lire et à rêvasser. Pas très normale, en somme.

Finalement, Alicia était très seule. Mais heureusement, elle avait Varvara.

La première fois qu'Alicia l'avait vue, elle avait ressenti comme un choc désagréable. Elle fut secouée par des impressions violentes et contradictoires, une sorte de tsunami étrange. La jeune fille était agressive et ordurière. Alors qu'Alicia entrait dans une salle pour son prochain cours, quelques élèves du cours précédent s'y trouvaient encore, dont cette fille grande et forte aux cheveux blonds et courts, encore assise à sa table, en grande conversation, ponctuée de rires sonores, avec une autre assise derrière elle. Alicia s'était approchée de cette place, décidée à l'occuper le temps du cours suivant, et avait posé ses affaires au pied du pupitre maculé d'encre. Elle était prête, cependant, à attendre quelques instants que l'inconnue s'en aille. La fille s'était alors brusquement retournée et l'avait interpellée rudement, la bouche grande ouverte, goguenarde, au milieu d'éclats de rire. Comme Alicia répondait qu'il était inutile de s'énerver et d'être grossière, elle l'avait carrément insultée.

Puis, elle s'était levée nonchalamment et lui avait cédé le terrain avec désinvolture.

Par la suite, lors de leur longue et intense amitié, Alicia devait se souvenir de l'attirance et de la gêne mêlées que lui avait causées cette fille extraordinaire. Les années passant, elle provoquerait même souvent en elle, par son attitude délurée, ses manières et ses réflexions brutes et sans apprêt, de la honte, de l'embarras. Mais la force qui émanait de cette fille, son énergie de vie, sa liberté de ton et, elle le découvrirait bientôt, sa fragilité, sa sensibilité étaient pour elle un puissant aimant. Il y avait quelque chose de remarquable chez elle, une puissance nue. Cette fille était une bombe.

Après l'incident du changement de salle, elle ne l'avait plus croisée. D'ailleurs, elle n'avait aucune envie de tomber à nouveau sur cette préadolescente insoumise, cette graine dangereuse, comme celle d'une fleur carnivore ou d'un arbre plein d'épines. C'est l'année suivante, alors qu'elle se retrouvait pour la première fois au sein d'un petit groupe, une douzaine d'élèves au plus, pour son premier cours de russe, qu'elle se rendit compte avec angoisse que la fille était assise dans la même salle, à quelques tables d'elle. Elle allait étudier, comme elle, le russe en seconde langue.

Peu à peu, bizarrement, elles s'étaient rapprochées. Est-ce que Varvara se souvenait de leur première rencontre ? se demanda Alicia. Sans doute pas. Cette manière de faire était chez elle coutumière. Elle explosait à la moindre contrariété, elle n'avait ni frein ni guides, et oubliait la chose tout de suite après. Elle semblait vivre pour l'instant, en dehors des codes. Mais elle était aussi extraordinairement gaie. Par moments, elle se montrait câline comme un chat et cherchait la tendresse auprès des unes et des autres d'une manière désarmante. Elle avait en elle la folie, le pathos. Une manière de deviner la souffrance du monde et, avec sa sauvagerie, de s'y mesurer.

Alicia ne le savait pas encore, mais Varvara était le pur produit de ce que l'Histoire a inventé de plus triste, de plus absurde. Conçue par les représentants d'un monde brisé et aboli, fruits de l'exil le plus tragique, elle était à peine tolérée au sein d'une famille bancale. Mal aimée, mal fagotée, impréparée à la vie, elle ruait sans cesse, cherchant à tout détruire. En même temps, elle rêvait désespérément de se faire aimer. Alicia voyait bien qu'elle essayait de se tenir, telle une équilibriste, dans la trame des jours.

Les deux collégiennes, par certains aspects, se ressemblaient un peu.

Une course cocasse et une histoire de genre

C'est une bien curieuse compagnie qui se rassembla sur le sable : les oiseaux avec leurs plumes ébouriffées et de travers, les animaux à poils tout dégoulinants d'eau, leurs fourrures trempées qui se collaient à eux, tous de mauvaise humeur et terriblement mal à l'aise.

La première question qui se posa fut celle de se sécher. Ils se consultèrent et, après quelques minutes, Alice se mit à leur parler comme si elle les avait toujours connus. Elle se disputa même avec une Antilope Bubale qui prétendait être plus âgée qu'Alice et, qu'à ce titre, elle était plus savante qu'elle. Mais l'Antilope refusait absolument de dire son âge, ce qui rendait la situation absurde. D'autant qu'elle appartenait à une espèce éteinte.

Finalement, la Chauve-Souris chinoise, qui semblait une personne d'autorité, leur ordonna de s'asseoir :

— Écoutez-moi tous, mes amis ! Je vais vous raconter l'histoire la plus *séchante* que je connaisse. Si vous m'écoutez vous serez très vite secs !

Et sans attendre leur réaction, elle se mit à leur raconter l'histoire de France en commençant par Clovis.

— Quelle horreur, l'interrompit l'Auroch femelle, il n'y a pas une seule femme dans votre histoire !

— C'est vrai, s'écria l'Antilope Bubale, rien que des hommes. Et des guerres, naturellement !

— Naturellement, renchérit la Lionne de Barbarie. Inutile d'aller plus loin, on connaît toutes la suite.

— La force brute, induite par la testostérone, la domination d'une moitié de la planète par l'autre... C'est le même refrain de toute éternité, un refrain lassant, si vous voulez mon avis, dit l'Auroch.

— Pardon, coupa l'Antilope, plus de la moitié ? Vous oubliez les petits ! Un gros tiers des animaux mâles persécute et asservit depuis la nuit des temps les deux autres tiers ! Comment peut-on appeler cela ?

— La tyrannie ? suggéra la Lionne.

— La nature, hélas... soupira le Dodo.

— Comme vous y allez ! se récria la Jument Tarpan, tout de même ! À vous entendre...

Alice les écoutait, fascinée. Elle se demandait si cette abominable domination des animaux mâles sur les animaux femelles et sur leurs petits pouvait trouver des échos en l'humanité.

— Pardonnez-moi, s'écria la Chauve-Souris, agacée et le rouge aux joues, je n'ai à ma disposition que l'histoire officielle ! Je ne peux pas effacer ce qui a eu lieu. Voudriez-vous que je vous raconte des fariboles inventées pour flatter les femelles ?

Un brouhaha indigné suivit ces paroles. L'Histoire vue du côté des femmes n'était pas nécessairement un tissu de fables !

La Chauve-Souris exigea le silence et se tourna vers Alice :

— Et vous, ma Chère, comment se passe le séchage de votre côté ?

— Toujours aussi trempée, fit-elle en frissonnant, son petit soutien-gorge à fleurs gorgé d'eau et désormais tout à fait inutile.

Elle pensait avec regret à son sèche-cheveux resté dans la salle de bains familiale.

— Même chose de mon côté, dit la Louve de Tasmanie.

— Dans ce cas, fit le Dodo solennellement, je suggère que la réunion soit ajournée en vue de l'adoption immédiate de mesures plus énergiques…

— Parlez français, par pitié ! hennit la Jument Tarpan qui était amatrice de simplicité.

— J'allais vous suggérer, glissa le Dodo, vexé, de participer à une course cocasse. Ce serait le meilleur moyen de nous sécher.

— La situation est déjà assez cocasse, il me semble, sans que nous ayons besoin d'en rajouter, marmonna l'Antilope.

— Et d'ailleurs, qu'est-ce qu'une course cocasse, demanda la Lionne…

— Oui, qu'est-ce que c'est, au juste ? renchérit Alice.

Il n'y eut pas de « Un, deux, trois, partez ! ». Tous s'élancèrent à des moments différents et s'arrêtèrent dans le désordre. La Jument avait déjà parcouru dix fois la distance effectuée par la Louve lorsque, soudain, le Dodo s'écria :

— La course est finie !

Essoufflés, mais bien secs, ils se retrouvèrent autour d'Alice. Le problème était à présent de déterminer qui avait gagné. Le Dodo y réfléchit un instant, puis, avec la plus profonde conviction, dit :

— Tout le monde a gagné. Par conséquent, chacun de nous doit recevoir un prix.

— Mais qui va nous remettre les prix ? demanda la Chauve-Souris.

— Mais « elle », bien sûr, dit le Dodo en désignant Alice.

Alice rougit jusqu'aux oreilles. Elle n'avait pas imaginé jouer un tel rôle au sein de cette extraordinaire assemblée. Puis, elle chercha fébrilement dans ses poches quelque chose qui puisse faire office de prix. Elle ne trouva rien d'autre, à part son porte-clés fétiche, qu'un petit flacon de gel hydroalcoolique. Prenant alors un air important, elle le présenta à ses compagnons et entreprit d'en distribuer quelques gouttes à chacun dans la paume de sa patte.

— Ainsi, vous serez protégés contre les virus, expliqua-t-elle.

Ils semblèrent tous très satisfaits, exactement comme s'ils recevaient l'onction d'une huile sainte.

— Vous devez vous remettre un prix à vous-même aussi, insista le Dodo.

Alice, avec des gestes mesurés, se versa un peu de gel dans la main. Elle trouvait tout cela assez grotesque, mais devant leur solennité elle décida de ne rien dire qui puisse les offenser. Ensuite, elle se tourna vers la Chauve-Souris. Mais cette dernière venait de s'envoler, car le soir tombait et un croissant de lune pâle venait d'apparaître vers le levant.

Aussitôt les autres commencèrent de prendre congé d'Alice. Gonflant leurs plumes, lustrant leur pelage, ils s'éloignèrent bientôt sur la plage en bavardant à voix basse, oubliant qu'ils n'étaient plus que des spectres, des fantômes d'animaux qui avaient été et qui ne seraient jamais plus. Des êtres rayés de la carte du monde par la bêtise des hommes – et non des femmes.

Alice se retrouva soudain seule. Abandonnée et vaguement démoralisée, elle se remit timidement à renifler, en veillant toutefois à ne pas créer une seconde mer intérieure où elle risquerait de nouveau de se noyer.

C'est alors qu'elle entendit un bruissement.

Traverser le torrent à deux

Varvara a un don pour le théâtre. Varvara se rêve en championne de boxe, en chanteuse lyrique – elle a une belle voix de mezzo-soprano –, en exploratrice de jungles impénétrables, en guide rusée des temples d'Angkor. Elle imagine tenir une cantine en Bolivie où échoueraient de mystérieux voyageurs fatigués. Elle y officierait comme geisha. Elle veut tout embrasser, tout connaître.

Varvara a un besoin féroce d'amour et de séduire la terre entière. Alicia est émerveillée de la voir rire ou pleurer sur demande. C'est le genre de choses qu'elle sait faire. C'est la sensibilité russe, sans doute. Comme lorsque son père la porte aux nues, puis la rudoie, oublie son existence – elle est enfant unique –, puis pleure toutes les larmes de son corps, son verre de thé dans sa main tremblante. Ce père russe blanc, exilé de sa terre natale à peine sorti de l'enfance, et qui a tout perdu aussitôt arrivé dans la vie. Ce père qui possède un titre de noblesse qui ne sert plus à rien, qui ne correspond plus à aucun domaine, aucune terre avec des forêts de bouleaux, et qui lui parle sa langue d'autrefois, celle d'un monde enfui, détruit, précieusement conservé dans les replis de son cœur jusque dans ce petit appartement du quatorzième arrondissement, dont il ne sort que pour faire des courses essentielles. Il est faussement modeste, il a été ouvrier dans les usines Renault à Billancourt des années durant, où il se rendait chaque jour en cravate, et il a ses petits luxes personnels, de la bonne vodka, du bon café de chez le torréfacteur et des chaussures impeccablement cirées. Il possède une vieille DS grise qu'il entretient obsessionnellement, une voiture de présidents de la République. Varvara évite, si elle peut, de monter dedans. Ce père a plus de soixante-dix ans.

La mère de Varvara est couturière à domicile. Elle coud des perles et des sequins sur des voiles et des tulles pour des maisons de luxe. Varvara arbore parfois un curieux foulard fétiche qu'elle a réalisé elle-même, consciencieusement, avec des chutes scintillantes, comme autant de bribes de possibles.

Alicia et elle s'assoient désormais l'une à côté de l'autre en cours de russe. Varvara a un accent merveilleux, forcément. Son russe semble éblouissant à Alicia qui, elle, doit tout apprendre depuis le début. Souvent, parce qu'elles bavardent et chuchotent incessamment, leurs deux têtes réunies, penchées sur leur méthode soviétique aux dessins en bichromie, Mme Zamiatina, leur professeure, lance, exaspérée, *Dievotchki, zamoltchitié !*, Les filles, taisez-vous !

Lorsqu'elle a demandé en début d'année aux élèves les raisons de ce choix linguistique, les deux filles ont dit chacune leurs origines russes, même si elles sont diamétralement opposées. Les grands-parents paternels d'Alicia ont quitté l'Ukraine, alors dans l'empire russe, en 1907, pour échapper à la pauvreté et aux persécutions. Son arrière-grand-père a déserté la glorieuse armée du tsar, a traversé la Sibérie à pied lors d'un voyage fantastique et légendaire, pour gagner le Canada par le détroit de Béring. Puis il a fait venir sa femme et leurs cinq enfants, dont le grand-père d'Alicia, tout juste né. Enfin, c'est ce que l'on raconte, car en vérité on ne sait presque rien, la mémoire de cette famille s'est en partie perdue.

À rebours de cette histoire, le père de Varvara a été arraché à un destin brillant. Rejeton d'une noble famille, ce jeune cadet de l'armée est parti avec les siens en 1923, après la débâcle de l'Armée blanche en Crimée, au moment de la NEP, lorsqu'il a été possible à ces aristocrates déchus de fuir, moyennant des droits de passage et l'abandon de tous leurs biens. Beaucoup ont traversé la mer Noire sur des bateaux surchargés. Sa famille a choisi de s'installer quelques années à Constantinople, dans le quartier de Karaköy, après la quarantaine de rigueur pour tout arrivant. La ville accueillait déjà des pèlerins russes qui désiraient se rendre au mont Athos. Il existait des échoppes qui leur vendaient de la nourriture, des cierges, des vêtements pour leur voyage, et des églises orthodoxes aux iconostases d'or dissimulées dans des immeubles d'habitation, comme des joyaux cachés. Comment la famille de Varvara a-t-elle survécu là-bas ? Comme beaucoup, ils ont fini par prendre la route des Balkans, vers l'Europe, choisissant d'abord Berlin, puis finalement Paris. Des années plus tard, son père y a rencontré sa mère, la petite-fille d'un émigré originaire de Moscou. Ils se sont mariés à l'église de la rue Daru.

Les deux filles sont les descendantes de deux classes opposées, deux mondes qui ne se rencontraient jamais. Il n'est pas sûr qu'elles en aient conscience, à ce stade de leurs vies respectives. Mais quelque chose les a rapprochées, en plus de la lointaine Russie, une certaine solitude brumeuse, un sentiment d'inexistence, parfois, de ne pas compter pour grand monde. Aucune n'a été à proprement parler désirée par ses parents.

Chez Alicia, on discute sans cesse de littérature, de langage, de la marche du monde, mais on ne s'intéresse pas aux états d'âme. On oublie de demander aux enfants quels sont leurs rêves. On s'embarrasse peu de leur sensibilité. On ne s'aperçoit pas qu'ils sont angoissés, qu'ils ont des talents précoces, on ne remarque rien, ni qu'ils fument à douze ans, ni qu'ils inventent des histoires du matin au soir pour se faire une existence à eux, ni qu'ils rêvent d'être écoutés. Chez Varvara, les manques sont plus cruels, le vide est bien plus écrasant.

Les deux filles se sont donc trouvées, reconnues. L'une est mélancolique, anxieuse, elle passe sa vie à lire tous les classiques de la littérature française et anglo-américaine, à dessiner, et à composer des chansons poétiques et dépressives, qu'elle accompagne ensuite sur sa guitare. L'autre, privée de racines et de culture, est un volcan primitif à la joie communicative, à l'appétit sans tabou, dont l'envie de jouer sur la scène de la vie est aussi puissante que le désert hanté d'où elle vient.

L'une rêve des garçons à longueur de journée. Il lui faut absolument trouver quelqu'un qui l'aime, quelqu'un pour qui elle compte. L'autre recherche les filles et les garçons, les hommes et les femmes, elle est la proie d'une boulimie dévorante, d'un vide à combler aussi immense que les steppes de Sibérie.

Leur amitié est bientôt d'une force fabuleuse. Elles s'aiment comme rarement, d'un amour violent et pur. Comme deux voyageuses intrépides qui traversent un torrent en furie, elles s'appuient l'une sur l'autre, se sauvent mutuellement.

Alicia mettra trente ans à comprendre que l'audacieuse et volcanique Varvara, tel un papillon tragique, était peut-être amoureuse d'elle. Et elle, Alicia, éprise d'elle en retour.

Une Chenille très exaspérante

Alice se retourna et vit un immense papillon vert et bleu qui passait à quelques centimètres d'elle. Elle tendit la main pour l'effleurer, mais le coléoptère l'évita, puis se perdit dans la forêt.

Elle sécha ses larmes. Je suis décidément ridicule de pleurer pour un oui et pour un non, pensa-t-elle. Se reprenant, elle s'aperçut qu'elle était de nouveau seule. En somme, cette nouvelle aventure dans la mer de larmes n'avait servi à rien et Alice n'avait toujours pas trouvé le chemin du jardin mystérieux.

Mais soudain un nouveau bruissement la fit sursauter. C'était la Lapine qui revenait sur ses pas et cherchait quelque chose avec une grande fébrilité. Ses yeux étaient encore plus rouges qu'auparavant et un pli barrait son front duveteux. La fillette cessa de renifler.

— Oh, la Duchesse, la Duchesse, marmonnait-elle à nouveau – ou peut-être était-ce : oh, quelle tristesse, quelle tristesse, la psychiatre me fera sûrement exécuter ! Où ai-je bien pu les laisser ?

Alice se demandait ce qu'elle avait pu égarer. Ses gants et son éventail, peut-être ? Une mallette pleine de dossiers importants ? Ses protections périodiques ?

À cet instant, le léporidé, remarquant sa présence, s'adressa à elle sèchement :

— Pénélope, Pénélope, mais qu'est-ce que vous fichez ici ? Allez immédiatement me chercher mon sablier et ma longue-vue à la maison. Et pendant que vous y êtes, apportez-moi une bouillotte !

Incroyable, se dit Alice, à peine surprise, elle m'a prise pour sa domestique. Elle est visiblement à cran, ce doit en effet être la mauvaise période du mois. La bouillotte, c'est pour soulager ses crampes... J'ai vu Maman s'en faire souvent, lorsqu'elle s'effondre dans le canapé avec une grimace et des tonnes de dossiers à finir. Mais j'ai bien l'impression qu'une femme doit continuer d'assumer ses tâches, même ces jours-là. Elle s'apprêtait à répondre à la Lapine qu'elle irait volontiers lui chercher ce qu'elle demandait, lorsque l'animal, tournant les talons, détala, comme à son habitude.

Alice, troublée par ce comportement erratique, se dirigea alors vers le petit bois. Sa robe était encore légèrement mouillée de la mer de larmes et lui collait aux jambes. Elle erra un moment dans l'obscurité de la forêt. Elle ne reconnaissait rien, mais devinait, tout autour d'elle, des formes étranges et fantastiques, des silhouettes d'hommes embusquées, des branches crochues comme des doigts qui semblaient vouloir la saisir. Elle était fatiguée et elle avait faim, et il lui semblait qu'elle avait quitté la maison depuis des mois.

Soudain, elle aperçut une infirmière qui venait à sa rencontre sur le chemin à peine tracé dans les feuilles mortes du sous-bois. Tête baissée, elle se hâtait, sa mallette sous le bras, une énorme seringue dans l'autre main. Elle faillit se précipiter droit sur Alice qui n'eut que le temps de s'écarter en se jetant contre un arbre.

— Faites attention ! cria Alice. Vous avancez comme un autobus !

La femme lui jeta un regard vague. On voyait que son esprit était totalement habité par sa tâche. Elle fit un mouvement brusque de sa mallette en direction de la fillette.

— Si vous croyez que j'ai le temps, jeta-t-elle. On m'attend à l'hôpital ! Il y a tant de femmes à soigner, à accoucher, d'enfants à faire naître ! Les mères et les bébés meurent par centaines ! Estimez-vous heureuse d'être encore en vie, ma petite !

Et sur ce, elle reprit sa marche forcenée en direction de l'entrée du bois par où était venue Alice. Eh bien, se dit la fillette, ce n'est pas la politesse qui les étouffe par ici. À croire qu'ils m'en veulent tous d'être vivante.

Alice continua son chemin. De ses mille et une branches la forêt continuait de tricoter son obscurité inquiétante. Un cri de chouette retentit longuement.

La fillette sentit sa peau se hérisser de chair de poule et d'aiguilles de pin. Brusquement, il lui sembla apercevoir une lumière au bout du chemin. Elle marcha bravement dans cette direction, essayant d'ignorer les bouches tordues et dentées des troncs d'arbres, et les toiles d'araignées géantes qui se jetaient sur elle voracement au milieu du sentier.

Elle parvint enfin à une clairière d'où partaient plusieurs chemins en étoile. Ses yeux eurent besoin de quelques minutes pour s'habituer à la clarté. Elle finit par y distinguer un champignon géant. Il faisait au moins un mètre cinquante de haut. Elle s'en approcha en clignant des yeux. Sur le grand chapeau rougeâtre était assise une silhouette étrange, comme emmaillotée dans un drap. On aurait dit une grosse chenille habillée d'une robe de chambre, avec un curieux couvre-chef. Mais ce pouvait aussi être un rabbin, ou un évêque coiffé de sa mitre. Ou une momie égyptienne avec sa perruque. Les yeux fermés, la chose fumait avec volupté un narguilé argenté au long tuyau d'or.

Alice s'approcha timidement. Évidemment, se dit-elle, si j'avais un peu d'instruction religieuse, si je savais mon catéchisme, ou si j'avais visité les pyramides d'Égypte, je saurais faire la conversation. Tandis que là…

Courageusement, elle se lança.

— Excusez-moi, mon père… Rabbi ? Votre Seigneurie ?... Docteur ?

— Hmmm… ? grogna le personnage sans ouvrir les yeux.

— Pardonnez-moi, Votre Sainteté – Alice avait conscience de s'adresser à un individu qui fréquentait les sphères de la Transcendance –, pourriez-vous me dire…

— Mais QUI ÊTES-VOUS donc ? la coupa l'animal en soufflant un long nuage de fumée aux parfums suaves dans sa direction.

— C'est-à-dire, je n'en sais trop rien… Je savais encore qui j'étais tout à l'heure, avant de suivre la Lapine Blanche… Enfin il me semble, même si j'ai beaucoup grandi ces derniers temps, mais à présent je n'en suis plus sûre… Ensuite, je suis tombée jusqu'au centre de la Terre par un puits terriblement sombre, et j'ai dû boire le poison dans la fiole, enfin ce n'était manifestement pas du poison, puisque me voici ici devant vous à vous parler, puis, me retrouvant plongée dans un océan de mes larmes, je me suis beaucoup interrogée sur moi-même et sur mes souffrances, sans parler de celles des animaux disparus, rien qu'à la pensée que je suis peut-être responsable de leur disparition, enfin pas directement, je vous l'accorde, je…

— Mais VOUS, qui êtes-vous ? l'interrompit assez odieusement la Chenille, car c'en était une, en dardant sur Alice son regard couleur d'amazonite diaprée.

La fillette déglutit trop vite sa salive, ce qui la fit avaler de travers et tousser un bon moment.

— Toutes mes excuses, Votre Excellence, Majesté, se reprit-elle, justement, je ne sais plus. Je serais bien en peine d'expliquer qui je suis, vous voyez...

— Je ne vois pas.

— Je regrette, je ne peux pas être plus claire... À force de faire toutes ces expériences bizarres... Vous-même, lorsque vous deviendrez papillon, vous verrez, si on vous interroge, que ce ne sera pas facile de dire qui vous êtes. Et vous trouverez un peu étrange, je suppose, de...

— Pas le moins du monde, mêlez-vous de ce qui vous regarde, répondit sèchement la Chenille en exhalant un panache bleu au parfum d'encens. Vous n'avez pas répondu à ma question.

Alice commença à désespérer de la situation. Jamais on ne l'avait traitée de la sorte. Elle éprouvait la pénible impression d'être revenue à son point de départ. Or, s'il y avait une chose qu'elle avait en horreur, c'était de ne pas avancer. C'était un peu comme être coincée sur les premières cases du jeu de Monopoly, alors que toute la famille avait presque fini la partie. Elle soupira et essuya une larme qui menaçait de rouler sur sa joue. Au moins sa robe avait-elle enfin séché et son petit soutien-gorge aussi. Seule sa culotte était encore humide. C'était désagréable. Elle fit mine de partir.

— Je vous écoute, jeune fille, lança dans son dos le personnage.

Alice s'immobilisa. Elle tourna lentement sur elle-même.

— Je suis Alice, finit-elle par dire, vaincue.

— Ah, nous y voilà, ce n'était donc pas si difficile, articula la Chenille avec une lueur de malice dans son œil globuleux couleur agate.

— Où ? demanda Alice, surprise qu'elles aient pu être arrivées quelque part après une conversation aussi improductive.

La Chenille enroula pensivement le fil du pompon de son couvre-chef autour de son index.

— Au point de départ, énonça-t-elle.

Alice haussa les épaules de découragement.

— Vous êtes vous, dit la Chenille. Alice.

— Oui, mais j'ai changé tant de fois d'apparence et d'état d'esprit que...

— Pas si vite. Tout cela fera l'objet d'une étude ultérieure. Pour le moment vous êtes vous. Ce n'est déjà pas si mal, croyez-moi.

— C'est vous qui le dites, lança Alice avec humeur.

— En effet, répondit l'animal platement.

Puis la Chenille remit le tuyau d'or de son narguilé dans sa bouche. Elle ferma les yeux, aspira une longue bouffée, et ne dit plus rien.

Alice, excédée, se laissa tomber sur le sol herbeux et poussa un long soupir. Rien à faire, se dit-elle, ils me rendront tous folle. Il n'y a rien à tirer de ces gens, rien de sensé en tous les cas. Autant essayer d'avoir une conversation avec la machine à coudre de ma grand-mère. Elle se perdit dans ses pensées. Soudain, elle eut un petit rire.

— Excusez-moi, Votre Grandeur, chuchota-t-elle, mais vous me rappelez un peu ma psychanalyste, Mme Serrure. Elle était un peu raide, comme vous, et énonçait des évidences. C'était parfois très ennuyeux.

Pour toute réponse, la Chenille coiffée lâcha un essaim de ronds de fumée céladon et mentholés. Alice se sentit autorisée à continuer.

— Parfois, je m'amusais à compter les boutons de son chemisier. Parfois je lui trouvais l'air fatigué. Parfois elle était cruelle. Lorsque je pleurais, elle me regardait et ne disait rien.

— Vous pleuriez, vous, Alice ? demanda soudain la Chenille.

— Ben oui, qui d'autre ? répondit la fillette, agacée.

— Intéressant.

— Vous voyez, vous faites exactement comme elle !

— Pourquoi pleuriez-vous, misérable enfant dont personne ne voulait ?

— Ça ne vous regarde pas ! cria Alice au bord des larmes.

— En effet.

La Chenille rajusta les plis de sa chasuble brodée de filigranes d'or et agita une de ses babouches terminée par une clochette. Il y eut un agréable tintement. Puis on entendit gargouiller l'eau dans le narguilé. L'animal inhala une grande bouffée de fumée sucrée aux effluves de gâteau au gingembre, et ferma ses yeux. Alice se dit que si une horloge avait été plantée là, au beau milieu de la clairière, on en aurait entendu les tic-tac exaspérants.

À cet instant, justement, au beau milieu du silence, Alice vit la Lapine Blanche traverser en grande hâte la clairière. Elle portait un gros sablier et se plaignait, tout en sautillant maladroitement :

— Mon Dieu, mon Dieu, je vais être en retard pour la cérémonie de la Métamorphose ! Oh, ces crampes ! Ces crampes ! Et la Marâtre qui attend le Sablier Royal !

Cette fois, Alice décida qu'elle ne se laisserait plus impressionner par le manège exaspérant du rongeur. Elle se rassit sagement et, entourant ses genoux de ses bras, elle posa dessus sa tête fatiguée. Elle se sentait si lasse. La fumée de la pipe à eau et ses sortilèges, sans doute. Curieusement, elle imagina qu'elle se rendait avec son père au photomaton, celui de la station de métro près de chez elle. Elle aimait beaucoup la magie de ce rituel, renouvelé chaque année. C'était comme s'enfermer dans la boîte un peu inquiétante d'un prestidigitateur. Après le flash lumineux, on en sortait avec une année de plus. Peut-être que si elle se faisait photographier une fois encore, elle saurait enfin qui elle était ? Sans doute finit-elle par s'endormir.

Lorsqu'elle retrouva ses esprits, la Chenille avait disparu. À sa place, sur le chapeau du champignon, une babouche de brocart orpheline avec sa clochette. Alice s'en saisit et la fit tinter délicatement. Elle est sûrement partie sermonner d'autres fillettes, se dit-elle. Quel désagréable personnage. Ou bien alors elle est devenue un vulcain ou un paon du jour. Et dans ce cas, qu'elle fasse attention, je pourrais l'attraper avec mon filet à papillons et la mettre sous verre... Avec une épingle en travers du corps !

La Littérature comme père et mère

Les parents d'Alicia se disputent régulièrement. L'atmosphère, chez elle, est souvent faite de brumes acides, de visages fermés. Parfois, Alicia ouvre une porte et trouve sa mère seule dans la pièce, en équilibre sur la tête, les jambes en l'air, dans la posture de yoga du Sirsasana. Silence et éloignement. Elle referme la porte sans bruit et se dirige vers la cuisine. Elle y tombe sur son père installé à la table en Formica bleue, penché sur sa machine à écrire Olivetti et plongé dans la rédaction d'un article, un verre de whisky à portée de main. *Take Five* de Dave Brubeck déroule son élégante et swinguante mécanique en fond sonore. Oui ? demande-t-il les sourcils froncés, sans lever la tête. La jeune fille ressort de la cuisine sur la pointe des pieds.

Tirant sur le fil du gros téléphone gris, Alicia s'enferme alors dans sa chambre avec le précieux objet, porte magique vers le monde du dehors, instrument d'échappée et de communication vers un univers plus peuplé, plus accueillant. Mais elle ne peut mobiliser la ligne pendant des heures. Heureusement, les grands livres sont là, essentiels et habités, emplis de leurs personnages courageux ou tristes, déraisonnables, déchirants. C'est peu dire qu'Alicia fréquente ces lieux grandioses de la littérature, hantés de caractères, d'exemples, de destins. Ces personnages sont absolument ses pères et mères. Ce sont eux qui l'écoutent et la comprennent. Ce sont eux qui lui montrent le chemin de la suite de sa vie. Avec les artistes, les peintres, les sculpteurs dont elle s'imprègne avidement, ils sont ceux qui la prennent par la main et lui ouvrent les portes d'une dimension où l'acceptation de soi est possible.

Parfois, elle ressent tout de même un besoin de ses contemporains. Ceux qu'elle a sous la main n'ont pas les mêmes centres d'intérêt. Elle se sent en décalage. Les filles autour d'elle, dans ce gros collège-lycée, lui semblent davantage arrimées à la vie, moins lunaires qu'elle. Lorsque Alicia les entend fredonner les chansons de France Gall avec ferveur, elle tourne les talons, désorientée. Chez Alicia, on écoute religieusement Ella Fitzgerald, *Diamonds and Rust* de Joan Baez, Judy Collins, Pete Seeger, ou Jean Ferrat chantant Aragon. C'est cette dernière voix, sensuelle et bouleversante entre toutes, qui entre en elle et y imprime les paroles sacrées du poète qu'elle n'oubliera jamais. *Aimer à perdre la raison, Et ne connaître de saison, Que par la douleur du partir...* C'est comme un sceau indélébile.

Ses contemporains, donc. En plus de Varvara, il y a bien cette fille intelligente, courageuse, qui a perdu sa mère lorsqu'elle était enfant. Elle a maintenant un cancer du sein, à quinze ans. Elle est belle, malgré ses traits tirés. Elle porte une perruque brune et allume ses cigarettes avec son briquet Bic, sous sa frange. Elle a un peu roussi ses cheveux en nylon et feint d'en rire. Alicia souffre de la voir et ne sait comment lui parler.

Il y a ce garçon fraîchement arrivé du Liban en guerre, avec plusieurs de ses compatriotes d'infortune, au français si chantant, qui joue de la guitare. Il est d'une famille aisée qui s'est offert un appartement dans les beaux quartiers. Invitée par lui un jour à y entrer brièvement, Alicia constate que les filles de la famille se taisent face aux garçons. Elles baissent les yeux tandis qu'on n'entend que ces derniers parler, se vanter. Le regard de ces femmes sur Alicia est ambigu, elle le comprend en quelques coups d'œil. En tant que petite amie potentielle du fils gâté, elle a droit à une certaine considération flatteuse. Mais elles regardent la femelle en elle de haut. Qu'est-ce qui fait que ces femmes méprisent l'une des leurs ? Malgré son charme, son air d'exilé douloureux, elle trouve le garçon sans réelle profondeur. Pourtant, tout perdre, sa maison, sa patrie, des proches peut-être, se dit Alicia, c'est tout de même une aventure extrême. Comment fait-on ?

Il y a surtout Florence, cette petite poupée débrouillarde, au grand cœur, qu'elle aime, un temps, par-dessus tout. Leur amitié fusionnelle date de bien avant la rencontre avec Varvara. Elle a grandi en Tunisie et c'est cela qui la rend différente, plus solaire, plus généreuse. Alicia s'enivre de sa luminosité, de sa simplicité revendiquée. Il faut s'amuser. Il y a les week-ends enjoués dans la résidence secondaire des parents, les goûters sous une vieille couverture, les soirées de danse au son de vieux 45-tours : *Les Neiges du Kilimandjaro – elles te feront un blanc manteau, où tu pourras dormir –*, étranges paroles qui ne les empêchent pas de se trémousser furieusement, tandis que les parents les abandonnent pour aller jouer au golf. Il y a les après-midi de pose de vernis à ongles ou de maquillage, toutes choses qu'Alicia ne trouve pas chez elle : amusement, insouciance, féminité.

Et puis il y a Carmen, cette autre fille peu banale, si femme déjà, dont la mère tient un petit hôtel meublé. C'est une famille espagnole de Valence. Ils vivent dans une modeste loge décorée de vierges en plastique et de castagnettes. Le père fume des Boules d'or et rentre tous les matins à cinq heures après avoir chanté dans les cabarets de la rive droite. Il se glisse alors dans le canapé du salon pour y dormir jusqu'à deux heures de l'après-midi. Lorsque Alicia se rend chez eux, il faut marcher sur la pointe des pieds et chuchoter pour ne pas réveiller le pater familias épuisé. Un jour, Alicia l'aperçoit, magnifique, en costume de scène, pantalon moulant et veste brodée jaunes, ses cheveux gominés brillants, on croirait un torero ! La maisonnée est généreuse, gaie, on y chante matin et soir le répertoire espagnol et latino-américain. Alicia adore y passer du temps, mais s'étonne de l'omniprésence du féminin. C'est un univers de femmes, on n'y parle que de robes, de menstruations, d'amour, de boîtes de nuit. Comme si le monde pouvait être pensé, imaginé, orchestré uniquement par le désir.

Au dernier étage de l'hôtel se trouve Bonita, la vieille tireuse de cartes. Un jour, Carmen y entraîne Alicia. La femme lui déchiffre, avec autorité, son avenir dans le marc poisseux de sa tasse de café. Perplexe, elle croit y deviner un lapin, un chapeau et un miroir. Elle annonce à la jeune fille des rencontres stupéfiantes. Alicia rit et fait la moue, gênée. Elle n'aime pas l'idée qu'on lise en elle.

L'hôtel meublé de Carmen est comme une roulotte de l'exil remplie de femmes bienveillantes, affirmées et conquérantes. Un rêve né du sang et du miroitement des paillettes. Jusqu'au jour où la petite sœur de Carmen, enceinte à quatorze ans, doit avorter, rattrapée par son implacable biologie. Alicia est écœurée.

Alicia est allongée sur son lit, seule, dans sa chambre. C'est un dimanche pluvieux. Elle se sent tomber dans le puits sans fond de l'ennui et de l'angoisse. Elle lit à voix haute pour elle-même les pièces de Giraudoux. *Ondine*. Le chevalier Hans von Wittenstein zu Wittenstein. *La guerre de Troie n'aura pas lieu.* La grandeur du verbe la transcende. Un absolu la traverse au rythme des phrases parfaites, sonnantes, du dramaturge, de leur vérité.

ANDROMAQUE :

Oh ! Justement, Cassandre ! Comment peux-tu parler de guerre en un jour pareil ? Le bonheur tombe sur le monde !

CASSANDRE :

Une vraie neige.

ANDROMAQUE :

La beauté aussi. Vois ce soleil. Il s'amasse plus de nacre sur les faubourgs de Troie qu'au fond des mers. De toute maison de pêcheur, de tout arbre sort le murmure des coquillages. Si jamais il y a eu une chance de voir les hommes trouver un moyen pour vivre en paix, c'est aujourd'hui... Et pour qu'ils soient modestes... Et pour qu'ils soient immortels...

La vie devrait s'efforcer d'imiter l'art plus souvent.

La Chatte et le Bébé

Alice continua son chemin et, après quelques minutes de marche à travers bois, se trouva devant une maison. Elle fut bien incapable d'en déterminer le style. On aurait dit une sorte de palais en ruine. C'est comme si un *palazzo* italien avait fait un enfant avec une antique ferme normande. Tout était majestueux et pourrissant.

Elle commençait à avoir soif. Aussi décida-t-elle, après quelques hésitations, de frapper pour demander un verre d'eau. Elle s'approcha de la porte et vit qu'elle était entrouverte. Des cris d'enfant et des bruits de vaisselle cassée s'échappaient de l'intérieur. Mon Dieu, se dit Alice, ce doit être une dispute. J'ai entendu un jour Maman dire à Papa, sur un ton menaçant, que beaucoup de couples divorçaient. Lorsque son père s'était aperçu qu'Alice avait tout entendu, il lui avait simplement dit : Ta mère est un dragon chinois ! Pendant longtemps après cela, Alice avait imaginé sa mère avec des écailles et une longue queue, crachant des flammes, paradant dans la Cité interdite parmi des lampions. Se pouvait-il que dans cette maison-ci on se dispute en permanence, comme une sorte de spectacle continu ? Un numéro de cirque ? Alice n'avait aucune envie d'assister à un tel spectacle, même si on lui promettait qu'après il y aurait des clowns et des magiciens. Mais où aller, sinon ? Se ressaisissant devant la bâtisse inconnue, elle se dit qu'il était inutile de frapper, car personne ne l'entendrait. Elle poussa alors la porte.

Elle pénétra dans un vestibule encombré d'objets divers, fauteuils, poussette d'enfant, ballon, boulier en bois, vieil ordinateur, tapis roulé, chaise percée, machine à barbes à papa. Elle tenta de se frayer un passage en direction des cris et des éclats de voix.

Elle tourna ensuite à droite et tomba dans une cuisine. Une femme en grands atours et assez laide, ou du moins l'air harassée, était assise dans un fauteuil et tenait un enfant dans ses bras. Devant elle, la Lapine Blanche avait posé son grand sablier et lui faisait une conférence. Derrière eux, une cuisinière préparait le repas. Le Bébé hurlait sans discontinuer, ouvrant une bouche désespérée qui réclamait soit un sein, soit un biberon, ou bien alors un baiser. De temps à autre, la femme laide, à bout de nerfs, envoyait un objet sur la cuisinière, objet qui allait se fracasser contre le sol dans un vacarme assourdissant.

— Voyez-vous, Votre Altesse, expliquait la Lapine par-dessus les cris, en montrant le sablier, il était moins cinq. Un peu plus, et vous n'auriez pu être mère.

— Ne soyez pas ridicule ! hurlait la Duchesse. Insinueriez-vous par là que je suis trop vieille ?

— Loin de moi cette pensée, mais la nature dicte sa loi, et passé quarante-cinq ans…

— Taisez-vous, imbécile ! D'ailleurs, j'ai assez écouté vos fadaises, je dois partir, je suis attendue chez la Reine. Tenez, qu'on me débarrasse de cet enfant !

La femme se leva alors brusquement et fourra le nouveau-né dans les bras de la cuisinière qui faillit le laisser tomber dans la soupe.

Alice, qui n'avait rien perdu de cet échange, eut peur pour l'enfant, mais la cuisinière le rattrapa de justesse et le déposa dans un panier rempli de légumes. Au contact des carottes et des choux, le Bébé s'apaisa aussitôt. Alice remarqua alors un chat installé devant la cheminée et qui souriait d'une oreille à l'autre. Curieuse, Alice s'avança.

— Comment s'appelle votre chat ? demanda-t-elle à la cuisinière.

— Elle ne s'appelle pas. C'est une chatte-du-Loir-et-Cher.

— Elle a une curieuse façon de sourire.

— Tous les chats-du-Loir-et-Cher sourient comme cela, lança la Duchesse qui sortait de la cuisine. Prenez l'enfant si vous voulez, je n'en ai plus besoin…

La cuisinière, qui n'attendait que cela, extirpa le Bébé de parmi les légumes et le fourra dans les bras d'Alice.

— Mais, répondit la fillette, je ne sais pas m'occuper d'un enfant, je... Et d'ailleurs, pourquoi est-ce toujours aux filles de se charger des bébés ?

La porte claqua avec un grand bruit qui la fit sursauter. Les casseroles de cuivre s'entrechoquèrent et la cuisinière décampa. Alice se retrouva seule, avec le Bébé endormi dans les bras.

Précautionneusement, de peur de réveiller l'enfant, Alice sortit de la cuisine, puis du vestibule, se fraya un passage parmi le capharnaüm de vieux pianos et de chaises hautes, et enfin de la maison. Une fois dehors, elle contempla le nouveau-né. Après un examen minutieux, elle lui trouva l'air d'un petit cochon. Que vais-je faire de cet enfant ? se demanda-t-elle. Un petit enfant est une chose tellement étrange. Cela ne ressemble en rien à un adulte. C'est même presque impossible d'imaginer qu'il en deviendra un un jour... C'est déconcertant de penser à la façon dont est fabriqué un enfant. Deux adultes qui font des choses incompréhensibles avec leurs corps. Puis soudain ça pousse dans le ventre d'une femme – écartant un peu le Bébé, elle regarda son propre ventre plat – et, neuf mois plus tard, ça se donne en spectacle pour sortir tandis que la mère endure mille morts...

Pensive, elle déposa par terre, sur un tapis de mousse, la petite créature qui dormait à poings fermés, puis se tortilla sur elle-même pour se regarder et s'admirer. Elle observa la façon dont ses bras s'accrochaient à ses épaules, assez joliment, ma foi, elle fit jouer ses mains et ses doigts, scruta leur modelé, puis plia et déplia la jambe, tourna sur elle-même en faisant gonfler sa robe, puis monta sur la pointe de ses pieds comme une danseuse et fit quelques pirouettes. Puis elle rajusta les bretelles de son petit soutien-gorge. Elle tentait d'imaginer comment ce corps, le sien, pourrait se retrouver un jour en étrange posture avec celui de quelqu'un d'autre, celui d'un homme – à cette évocation il lui vint plusieurs exemples d'hommes qu'elle connaissait, des amis de ses parents, tous plus repoussants les uns que les autres –, à pratiquer ces choses incompréhensibles, qui débouchaient ensuite sur une grossesse, puis un nourrisson semblable à celui qu'on venait de lui confier. D'ailleurs, comment est-ce qu'on n'explosait pas lorsqu'on était enceinte ? Comment parvenait-on encore à respirer ? Et comment ne devenait-on pas folle lorsqu'il se décidait à sortir un beau jour dans des litres de sang, en poussant des cris terribles de cannibale ? Et comment faisaient les mères pour survivre ensuite, alors qu'elles devaient sans cesse s'occuper de ces bébés braillards qui leur pompaient goulûment leur lait ? Des créatures qui leur volaient tout leur temps et leur énergie ? Arrivait-on seulement encore à penser ? À aligner deux idées de suite ? Ou perdait-on tous ses neurones patiemment acquis ?

Mais avant toute chose, afin d'initier ce processus complexe, il fallait accepter d'être embrassée sur la bouche. Cela paraissait inévitable. Tant de questions sans réponse !

Alice sortit soudain de sa rêverie et regarda en direction du tapis de mousse. Le Bébé avait disparu.

— Vous cherchez quelque chose ? lui demanda une voix moqueuse qui venait d'un arbre.

Alice sursauta et leva la tête. La Chatte-du-Loir-et-Cher se tenait perchée sur une branche, un large sourire étiré d'une oreille à l'autre. Elle remarqua qu'elle avait de belles griffes et beaucoup de petites dents pointues. Mieux valait la traiter avec respect.

— Oh, pardonnez-moi, je ne vous avais pas vue, répondit Alice.

Elle se sentit un peu mortifiée à l'idée que l'animal avait dû la regarder faire sa coquette.

— Moi non plus, je ne vous avais pas vue, fit la Chatte.

Alice sut que c'était un mensonge et qu'elle l'avait observée en train de se laisser aller à ses pitreries frivoles et ridicules.

— Pourtant, j'étais là, dit Alice.

— Oh, ne croyez pas que vous soyez si importante. On vous remarque à peine, fit la Chatte-du-Loir-et-Cher d'un air désinvolte.

Bon, très bien, se dit Alice, en voilà encore une qui est mal élevée. Tant pis, je vais juste lui demander mon chemin.

— Eh bien, puisque le Bébé de la Duchesse a disparu, je vais continuer ma route. Pourriez-vous m'indiquer dans quelle direction aller ?

— Tout dépend de l'endroit où vous souhaitez vous rendre.

— Justement, je ne sais pas très bien…

— Dans ce cas, vous comprendrez si je vous dis que cela n'a pas beaucoup d'importance.

— C'est juste que… j'aimerais aller quelque part.

La Chatte sourit de plus belle.

— Vous êtes certaine d'y arriver, du moment que vous marchez un certain temps.

Il n'y avait rien à redire à cela et Alice resta perplexe un moment.

— Pouvez-vous m'indiquer quel genre de personnes habitent dans les environs ? s'enhardit-elle finalement à demander.

— Eh bien, par là, répondit l'animal en pointant sa patte dans une direction, vit un Chapelier. Et par là – il montra une autre direction – vit un Lièvre de Mars. Vous pouvez rendre visite à l'un ou l'autre, comme vous voulez, les deux sont fous.

— Mais je n'ai pas du tout envie de rencontrer des gens fous ! s'écria Alice.

— Cela va être difficile, ici nous le sommes tous. Moi la première.

— Mais pas moi, pardon !

— Oh si, vous êtes bien folle. Sinon vous ne seriez pas ici.

Alice allait lui répondre d'une façon cinglante et lui dire qu'elle la trouvait très impolie, lorsque la Chatte disparut soudain. Enfin, presque toute sa personne s'évanouit, sauf son sourire. Un rictus plein de petites dents pointues et luisantes resta suspendu dans l'arbre telle une lune de travers.

C'est curieux, se dit Alice, on dirait que ce sourire a une vie indépendante. J'aurais bien continué à argumenter avec cette Chatte-du-Loir-et-Cher sur la folie des uns et des autres, mais puisqu'elle a disparu… Décidément, d'abord le Bébé, puis le Chat. Elle se mit en marche dans une des deux directions indiquées par la féline. Peut-être devrais-je choisir plutôt de rendre visite au Lièvre de Mars. Puisque nous sommes en mai, il sera peut-être moins fou. En revanche, le Chapelier sera peut-être encore moins fou que le Lièvre, vu que les chapeliers doivent honorer leurs commandes de chapeaux, pour les mariages ou les enterrements, et des mariages et des enterrements, il y en a toute l'année, alors que les lièvres… Comment savoir ?

Alice continua néanmoins d'avancer, au hasard, dans la direction du Lièvre de Mars.

La Mal Heureuse

Alicia, lorsqu'elle pense à son enfance, étrangement, a le souvenir d'un constant émerveillement.

C'est une enfance malheureuse dans laquelle elle a été heureuse. Elle a été une fille, pas très fille. Mais pas non plus un garçon manqué. Une ou deux poupées, une dînette, des coloriages, une ferme avec des animaux, un piano miniature, des puzzles, des disques, pléthore de livres. Mais la vraie vie est ailleurs. Ou plutôt partout alentour. Tout l'interpelle et la fascine. Les formes, les couleurs, la lumière et ses prismes, les visages, les images et les illustrations tissent un réseau dans sa tête, sorte d'arborescence, un échiquier hypnotisant aux cases magiques tourbillonnantes. Le dessin de la moindre décalcomanie est aussi riche qu'un tapis persan, le moindre motif dans un tissu – elle se souvient d'un set de table vert avec des dessins géométriques blanc, d'une couverture d'enfant blanche avec des arabesques roses – la charme et se fixe à jamais sur sa rétine affamée. Souvent, alors qu'elle est seule dans une pièce, elle perçoit une présence dans les dessins d'un carrelage, dans les fissures d'un mur, dans les motifs d'un rideau. Elle y décèle toujours des visages, beaux, laids, grimaçants, songeurs, avec des barbes mythologiques ou des regards perçants, ils n'apparaissent que pour elle, mais ils ont disparu le lendemain.

Ses parents l'emmènent au théâtre pour y voir des ballets. *Coppélia, Casse-Noisette, Giselle, Le Lac des cygnes*. Mais ce n'est pas tant la danse elle-même qui la fascine que les décors sur la scène, forêts sombres et bleutées, châteaux mystérieux, lac au clair de lune, brumes surgissant aux douze coups de minuit, danseurs virevoltants aux bottes rouges et oiseaux de feu qui la mettent en transe. La musique ouvre ses perceptions. À la maison, elle écoute, encore et encore, sur l'électrophone familial vert bouteille, le 33-tours de *Shéhérazade* de Rimski-Korsakov que lui a offert son grand-père.

Il y a la pluie, aussi, avec ses grosses averses, ses orages terribles. Alicia observe, fascinée, le peuple de la pluie qui se matérialise à chaque fois que les gouttes touchent le sol, créant un être bondissant, aussitôt évanoui. Ils sont des millions à naître ainsi, au parfum de sous-bois, qui dansent et jaillissent au martèlement de l'eau, pour mourir aussitôt remplacé par d'autres, parfaitement éphémères, vivants et fragiles.

Elle fait également des rêves éveillés. Ou, pourrait-on dire aujourd'hui, des expériences de vie augmentée. Dans la cour de récréation de la petite école maternelle de la rue des Étourneaux où, dans les buissons, elle attrape les fourmis qu'elle rapporte chez elle dans ses poches pour ses expérimentations de sciences naturelles, elle s'essaie à la lévitation. Un jour, elle vole au-dessus de la cour goudronnée et son unique arbre.

C'est la fin de l'après-midi. Sa mère est venue la chercher à quatre heures et demie, mais elle a préféré rester pour le goûter parce qu'on y donne aux enfants délaissés des petits pains au lait dans lesquels on glisse une barre de chocolat Poulain. C'est un privilège particulièrement extraordinaire, qui plus est partagé avec tous les enfants élus qui restent jusqu'à six heures. Ce goûter des dieux avalé, fortifiée par cette nourriture supérieure, elle a décidé de se lancer. Elle est allée se poster dans le coin le plus éloigné de la cour, a pris son élan et couru aussi vite qu'elle pouvait, presque aussi vite que les garçons. Soudain elle s'est sentie décoller, et s'est vue survoler ses camarades regroupés autour de la maîtresse, Mme Mimosa, qui surveille le modeste petit espace asphalté, au sol fissuré, qui leur est si familier. Tous les enfants, d'un seul mouvement, ont levé la tête. Ils l'ont regardée passer, leurs visages comme des lunes rondes et curieuses, la bouche ouverte, admiratifs. Ils lui ont tous fait signe. Elle leur a fait à son tour un signe d'amitié. À cet instant, elle a senti qu'elle pouvait aimer chacun d'eux, même ceux qui lui avaient tiré les cheveux ou arraché des mains le livre qu'elle voulait lire. Ce jour-là, elle s'est sentie capable d'aimer la terre entière.

Sa vie est simple, le cadre en est minuscule. C'est comme un décor parfait. Le tout petit appartement familial de la rue Émile-Renard, la petite école, et les quelques magasins emblématiques qui l'entourent : le marchand de couleurs avec sa réclame Ripolin, la librairie, au bout de la rue, où on lui achète des livres minuscules à un franc, la fromagerie où l'on vend des chambords princiers surmontés de chantilly, l'épicerie où l'on achète des accordéons de biscuits Gringoire, ornés du lapin qui joue de la trompette. Comme celui d'Alice. La boutique du chapelier, plus loin dans l'avenue, dans la vitrine de laquelle elle admire des chapeaux moirés, plissés, en accordéon, ou emplumés et bizarres, la fascine – qui sont les personnes qui portent de tels couvre-chefs ? se demande-t-elle. Et le magasin de bonbons au grand carrefour, avec ses grands bocaux en verre et ses berlingots multicolores, qui la ravit. Sans oublier le musée où elle se rend après l'école, où, moyennant quelques centimes payés à la guérite de l'entrée, on accède à des jardins mystérieux.

Là, parmi les statues, elle se laisse happer par la magie des lieux. Il y a le bassin aux poissons rouges, taches vermillon sur fond de marbre blanc, et l'émeraude des buis. Il y a les statues muettes, certaines se tordant dans les affres de la douleur ou de la volupté, d'autres dignes et songeuses, et le fond du jardin, comme un sous-bois énigmatique, qui ne manque pas de l'effrayer un peu à chaque fois. On dirait une forêt étrange où l'on pourrait s'enfoncer au crépuscule parmi les silhouettes de pierre pour entendre leurs chuchotements. Justement, avant que la nuit tombe, le gardien des lieux, la visière de sa casquette sur ses yeux, passe et repasse dans les allées, agitant sa clochette, en criant une phrase incompréhensible. Il est comme l'envoyé d'un monde parallèle rappelant les fillettes rêveuses à la réalité. Ou bien alors les invite-t-il à un bal ?

Le bassin aux poissons rouges est un Matisse. Le sous-bois et ses statues en attente, un Paul Delvaux. Plus tard, Alicia reconnaîtra ces lieux familiers dans leurs œuvres.

Il y a tant de tableaux énigmatiques ou insolites, remplis de lunes, d'étoiles et de chouettes nocturnes, de décors éclairés par des lampions de couleur, tant de scènes à explorer. Tant de chemins de traverse qui, loin de la réalité ennuyeuse, vous appellent, de voies vers de curieux châteaux aux vitraux multicolores, de rails de chemin de fer où ne passe aucun train, seulement des chats qui parfois vous sourient.

Le monde entier est une lanterne chinoise.

L'Impossible Thé

Remontant un petit chemin creux, Alice parvint devant la barrière d'un cottage rose aux volets verts.

Dans le jardin, se tenait un *Tea Party*. Un grand lièvre brun qui pouvait être de mars ou de tout autre mois, versait le thé d'une grande théière de porcelaine à fleurs à celui qui devait être le Chapelier, enfin c'est ce que se dit Alice repérant son très grand chapeau tromblon couleur vert moisi aux reflets prune blette. Elle s'arrêta net devant la haie. Puis, ne sachant exactement quoi faire, elle se pencha vers la plaque à sa gauche et lut le message gravé dessus.

Ne sonnez pas, surtout si vous êtes attendu pour le thé, étant donné que nous n'avons plus de gâteaux. Merci.

Eh bien, se dit Alice, voilà qui n'est pas à proprement parler une invitation. Que faire ? La société commandait généralement aux filles d'être polies et réservées et de ne pas s'imposer sans vergogne dans toute situation. Ne faudrait-il pas, au contraire, que les filles soient aussi hardies et sans gêne que les garçons ? En se disant cela, Alice pensait à certains petits hommes qu'elle connaissait, particulièrement mal élevés et que l'élégance et la modestie n'étouffaient pas.

Elle poussa le portail et s'avança bravement dans l'allée. En s'approchant de la table, elle aperçut un Loir assis entre le Lièvre et le Chapelier. Mais les convives étaient si occupés par leur conversation qu'ils ne remarquèrent pas la fillette qui venait vers eux. Ils s'étaient tous regroupés à un bout de la table, laissant les trois autres quarts vides. Soudain le Chapelier l'aperçut et s'écria :

— Il n'y a plus de place ! Plus de place !

Les deux autres reprirent en chœur :

— Absolument plus de place ! Tout est pris !

— C'est faux ! s'écria Alice, outrée par ce mensonge, il y a de nombreuses places, au contraire !

— C'est qu'elle nous traiterait de menteurs ! jeta le Lièvre de Mars.

— Et en plus, il y a pléthore de gâteaux, fit remarquer Alice, contente d'utiliser un mot savant, en apercevant un compotier rempli de petits-fours et de pâtisseries.

— Qui vous a dit le contraire ? demanda le Chapelier.

— Mais il est écrit sur la plaque vissée sur la barrière qu'il n'y en a plus !

— Ce n'est pas nous qui l'avons écrit ! dit le Lièvre, c'est la Duchesse. Elle n'aime pas que l'on mange ses gâteaux.

— C'est très juste, fit le Loir d'un air endormi.

Alice les toisa un instant et réfléchit. Elle se dit que cette conversation était ridicule et que c'était une façon absurde de commencer l'après-midi. Après tout, il devait être l'heure du thé et elle avait faim. Alors elle s'approcha de la table, tira une chaise et s'assit.

— Faites comme chez vous, dit le Chapelier d'un air ironique.

— Ne vous gênez pas, ajouta le Lièvre de Mars.

Absolument, c'est tout à fait ce que je vais faire, je ne vais pas me gêner, se dit Alice. Et elle tendit la main pour saisir une tartelette aux fraises.

— N'allez pas vous plaindre si la Duchesse vous fait couper la tête ! ricana le Chapelier.

La main en l'air, Alice hésita. Et si ces gâteaux la faisaient, une fois encore, grandir ou rapetisser ? N'ayant décidément pas envie de vivre de nouvelles métamorphoses pénibles, elle se ravisa.

— Bien, dit le Chapelier, puisque vous êtes ici, autant faire la conversation.

— J'en serais ravie, dit Alice, avec une lueur d'espoir dans la voix.

— Savez-vous quel jour nous sommes ? demanda le Lièvre.

— Je crois que nous sommes mardi, dit Alice.

— Pas du tout ! s'écria le Lièvre, heureux de prendre Alice en faute, nous sommes le 13 ! Le jour de la Grande Métamorphose !

— C'est bien ce que je disais, dit Alice, nous sommes le mardi 13.

— Ce n'est pas ce que dit ma montre, riposta le Lièvre.

Il sortit de sa tasse sa montre de gousset et sa chaîne en argent, dégoulinante de thé au lait, et en scruta le cadran.

— Elle ne marche pas, je parie, dit Alice.

— Eh bien vous perdriez votre pari, car elle ne marche pas !

— C'était à craindre, dit le Loir en ouvrant un œil. Quel gâchis, une si belle montre, léguée par votre grand-père !

Le Lièvre et le Chapelier, exaspérés, se saisirent du Loir et essayèrent de le faire entrer dans la théière.

— Ces gens sont fous, se dit Alice dans sa barbe.

— Pas plus que vous, lui répliqua le Chapelier qui l'avait entendue. Nous sommes tous fous ici, Dieu merci.

Il essaya ensuite de forcer le couvercle de la théière sur la tête du Loir. Alice pensa que si elle avait rêvé, un temps, d'une tasse de thé bien chaud, l'envie, à cause du Loir, lui en était passée. Elle se dit qu'elle tenterait une dernière fois d'avoir un échange sensé avec ces personnes et que, le cas n'échéant pas, elle s'en irait.

— Pardonnez-moi, mais vous parliez du jour de la Grande Métamorphose, suggéra-t-elle timidement. On peut savoir de quoi il s'agit ?

— Vous ne pensez tout de même pas que nous allons vous le dire ! glapit le Lièvre.

— Demandez à la Lapine Blanche, elle ne le sait que trop bien. Ou à la Duchesse !

— Ou à la Reine elle-même !

À ces mots, les deux compères rirent de façon débridée, se tenant les côtes, se laissant même aller à une certaine hystérie. Le Lièvre, tout en hoquetant, se saisit d'un masque qui traînait là et se le mit sur la tête. C'était un visage de femme avec une bouche rose exagérément grande et pulpeuse. Lorsque le Chapelier le vit, il se mit à rire plus fort et enfila un masque à son tour. C'était le visage d'un homme avec un nez démesurément long et turgescent. Ils continuèrent à rire à gorge déployée, ou même à bride abattue, aurait pu dire Alice, qui aimait les expressions imagées et cocasses. Mais à cet instant elle se sentait plutôt mal à l'aise. L'impolitesse de ses hôtes, le mensonge au sujet des gâteaux qu'elle aurait rêvé de goûter, le thé désormais imbuvable, et enfin ces masques grotesques et impudiques, tout la mettait dans l'embarras.

Elle se leva de table, ne sachant exactement quoi faire et, pour se donner une contenance, leur annonça :

— Eh bien, à ma montre il est cinq heures. Puisqu'on ne peut pas prendre le thé sérieusement ici, je vais prendre congé.

— C'est cela, dit le Chapelier en riant de plus belle, le bonjour chez vous !

— N'oubliez pas de devenir qui vous êtes ! ricana le Lièvre en sautillant de-ci de-là. Sans quoi la Reine vous fera couper la tête !

— Tâchez quand même d'être heureuse, fit le Loir, dont la voix caverneuse lui parvint depuis l'intérieur de la théière, accompagnée de quelques bulles.

— Oui ! lança le Chapelier, le bonheur n'est pas interdit ! Il est juste impossible !

Et le chapeauté hurla de rire. Furieuse, Alice quitta la table et, sans un regard pour ses tristes compagnons de thé, tourna les talons. Elle redescendit l'allée fleurie jusqu'au petit chemin creux qui l'avait amenée jusque-là, et reprit sa route. Elle se dit que si elle trouvait des brins d'herbe de la bonne taille et de la bonne épaisseur, elle s'assiérait quelque part et se confectionnerait un scoubidou. Voilà qui la calmerait certainement.

Songeuse, presque mélancolique, elle se remit en marche, les mains dans les poches, la tête baissée. Le bonheur impossible ! Il ne manquerait plus que ça. Tout de même, se dit-elle, le Loir était le plus généreux des trois. Mais c'était celui qui était persécuté par les deux autres.

L'Amour funambule

Un jour Alicia avait osé sécher son cours d'allemand. Elle était en seconde, et la chose ne s'était encore jamais produite. L'allemand était une langue, sa première au collège, avec laquelle elle avait immédiatement senti une connexion intime. Elle n'aurait pas su expliquer pourquoi. Pourtant, après les crimes effroyables dont les Allemands s'étaient rendus coupables, et pour lesquels ils n'avaient objectivement pas assez payé, comment parvenir à être amoureux de cet idiome et de cette culture ? Quelle gymnastique de l'esprit devait-on effectuer pour les aborder avec la curiosité nécessaire à tout apprentissage ? Comment se laisser prendre, ensorceler ? C'était pourtant ce qui était arrivé à Alicia à dix ans, lorsqu'elle avait assisté à ses premiers cours. Un sort lui avait été jeté. Aujourd'hui elle croit fermement qu'elle a vécu en Allemagne dans une autre vie. Et qu'il reste en elle une matrice de ce vécu, de cette langue-là.

Un jour de juillet, dans la classe de français de Herr Winkel, au Goethe Gymnasium de la petite ville de M., en Bavière, où elle passait le mois de juillet, chaque année, chez sa correspondante, elle avait été invitée à répondre à cette question embarrassée du professeur : Les Français nous ont-ils pardonné ? Touchante interrogation, avait-elle pensé, mais c'est curieux qu'il me la pose à moi. Elle avait hésité à répondre. Qu'en savait-elle, à quinze ans ? Que connaissait-elle de la souffrance et du pardon, des charniers et des océans de larmes ? Elle avait choisi de dire : Je ne sais pas.

Enfin, ce jour-là, à Paris, elle avait osé ne pas assister au cours de Mme Samsa. Elle s'était arrachée à ses scrupules – elle éprouvait du mal à trahir cette ancienne langue qui survivait en elle mais exigeait, de façon cocasse, qu'elle l'apprenne à nouveau –, s'était enfuie du lycée, puis était partie vadrouiller avec une camarade dans le quartier. Elles avaient fini par se retrouver à boire un verre.

Au café L'Abyssinie – le patron était-il un adorateur de Rimbaud ? – elle avait rencontré un garçon de dix-sept ou dix-huit ans. Sa silhouette longiligne et élégante, son profil rimbaldien, justement, l'avaient attirée. Il était accoudé au bar et sirotait un café, le regard vague, tout en pianotant une mélodie inaudible. Quelque chose d'indéfinissable se dégageait de lui, de ses gestes suspendus, comme s'il n'était pas tout à fait là, parmi eux, comme s'il flottait dans un ailleurs impalpable. Comme s'il arrivait tout juste de l'autre côté d'un miroir.

Elle l'avait longtemps observé, se livrant à des suppositions folles et romantiques. Qui pouvait être ce bel étranger ? Car il n'était pas d'ici, elle en était sûre, son instinct le lui disait, il n'était que de passage.

Au bout d'une heure, il lui fallut partir sans avoir rien appris de lui, le cours suivant étant un cours de français qu'on ne pouvait manquer sous aucun prétexte. Quittant le café, Alicia se retourna plusieurs fois sur le garçon, puis, résignée, revint au lycée.

Elle le revit deux jours plus tard, toujours à L'Abyssinie. Il était de nouveau là au bar, il s'appelait Virgil. Ils avaient échangé quelques mots. Le jeune homme avait un regard qui vous traversait, à la fois brûlant et vague. Il regardait au-delà de vous. Ils avaient fumé ensemble quelques cigarettes, et ri des déboires des passants, dehors, qui couraient comiquement sous la pluie sans parapluie, comme autant de personnages de films muets.

— Tu n'as pas cours ? lui avait demandé Alicia.

Il avait haussé les épaules.

— Ça fait longtemps.

Alicia en avait conclu qu'il avait arrêté ses études. Après un silence, le garçon avait tendu la main pour qu'elle lui donne sa tasse de café vide. Elle avait obéi. Il l'avait tournée dans un sens, puis dans l'autre, penché dessus comme sur un papyrus ancien.

— Il y a de la beauté dans ta vie, avait-il enfin prononcé. Regarde.

Il lui avait indiqué un soleil laissé par l'écume du café sur le bord de la tasse. Et aussi un oiseau, les ailes déployées. De la beauté dans sa vie. Elle avait ri, un peu gênée.

— Tu y crois, à ces choses ?

Il avait relevé son visage aigu, au nez droit, aux sourcils comme des ailes puissantes, au regard dansant comme une flamme.

— Pas toi ? avait-il lancé, presque courroucé.

Elle n'avait rien répondu. Est-ce qu'elle croyait à ces choses ? Elle n'en savait rien. Elle n'était qu'au début de sa vie. Rien de cette dernière ne lui était intelligible. Tout, dès qu'elle s'approchait des événements qui la constituaient, s'enfuyait, comme un ruisseau insaisissable. Elle n'avait d'autre choix que de vivre et d'espérer qu'elle ne ferait pas trop d'erreurs tragiques.

Elle leva la tête vers le garçon. Il la fixait intensément. Puis il se mit à sourire. Ce sourire lui mangea le souffle.

— On dirait que tu as peur. Ce n'est pas parce que je vois un oiseau dans ta vie que tu dois avoir peur. Que tu le veuilles ou non, l'oiseau est là. Tu n'y peux rien.

— Oui, enfin, non. Écoute, je ne sais pas de quoi tu me parles. Je ne comprends rien. Là d'où je viens, il n'y a pas de soleils et d'oiseaux dans la vie des gens. Il y a le travail, les cours au lycée, les parents, l'ennui, la littérature aussi, heureusement, le…

Elle s'était arrêtée au milieu de sa phrase et l'avait regardé. Elle s'était forcée d'apparaître terre à terre, alors que toute poésie résonnait immédiatement en elle, oh combien ! Mais elle craignait d'être déçue, d'être terrassée, défaite par lui.

— Dans quel monde tu vis ? lui avait-il demandé.

— Et toi, dans quel monde tu vis ? avait-elle exigé à son tour.

Ils avaient ri ensemble. Il avait saisi sa main. Elle avait tout de suite senti que ce geste n'avait rien à voir avec une prise de possession de sa personne, de son corps. C'était un raccordement de leurs intériorités. Le toucher de sa peau, son visage, tout proche, lui coupaient la respiration. Sa beauté et sa grâce étaient affolantes. Et par le biais de ce raccordement, un tremblement électrique était entré en elle. Mais comment faire exister tout cela dans sa pauvre vie de tous les jours ?

— Viens – il s'était levé, fouillant dans ses poches et laissant le prix de leurs consommations sur la table sans lâcher sa main –, je t'emmène chez moi. Tu vas comprendre.

Elle eut un instant de panique. Regarda sa montre. Il était tard et elle le connaissait à peine. Tout était soudain fou. Elle avait une interrogation de russe le lendemain et elle rêvait de s'enfuir avec lui. Elle avait peur et elle avait confiance. Rien dans son regard ne disait qu'il la considérait comme une proie. Mais tout en lui parlait d'un monde inconnu.

Elle eut brusquement une conscience aiguë de sa petitesse à elle, de son insignifiance.

Elle retira sa main de la sienne. Doucement.

— Il faut que j'y aille. La prochaine fois.

Il y eut un moment de flottement. Virgil se redressa de toute sa taille. Il était très grand et mince comme un roseau. Il fouilla un moment dans la poche de son blouson et en sortit une feuille de papier pliée en quatre. Il la fourra dans la main d'Alicia.

— À bientôt, si Dieu le veut, lui dit-il, une étincelle dans le regard.

Et il partit, la laissant là dans ce café médiocre, aux meubles sombres et aux lumières faussement tamisées, plein de la fumée de cigarette de clients anonymes et perdus.

Alicia attendit, pour se donner une contenance, qu'il se soit éloigné. Puis elle déplia la feuille qu'il lui avait donnée. C'était une publicité en bichromie, verte et jaune, pour un cirque. Sur un côté étaient griffonnés quelques vers. Et le dessin d'un oiseau de paradis dans une cage.

Le Jeu de la Reine

Alice, l'esprit occupé, allez savoir pourquoi, par l'idée d'un oiseau dans une cage dorée, avait continué de marcher droit devant elle, tout en regardant ses pieds, maussade, perdue dans ses pensées. Si le bonheur était impossible, alors que faisait le genre humain sur cette terre, se demandait-elle. Et surtout elle, Alice ? À quoi bon essayer ceci ou cela, si tout était perdu d'avance ? Voilà qui était particulièrement déprimant.

Sans s'en apercevoir, elle était arrivée à une sorte de clairière où des personnes s'affairaient autour de petits arbres. Elle comprit en s'approchant qu'il s'agissait d'un jardin à la française et que ces personnes étaient des jardiniers. Mais en y regardant de plus près, elle constata qu'ils étaient minces comme des quartiers de lune. À vrai dire, ces gens étaient même des cartes à jouer. Incroyable, se dit Alice, qui revoyait dans son esprit des parties de cartes familiales, je n'aurais jamais imaginé que le valet de carreau ou celui de trèfle puissent être vivants.

Bientôt, un de ces jardiniers la bouscula, tout affairé à apporter un lourd pot de peinture près d'un rosier. Un autre le suivit. Tout à coup, ils furent quatre ou cinq qui se chamaillaient comme chiens et chats sur le choix des parterres et des couleurs. Certains peignaient des marguerites blanches à coups de peinture rose afin de changer leur teinte. D'autres arrachaient des bulbes de tulipes pour les remplacer par des bulbes de narcisses ou de muscaris, tandis que l'un d'eux était même occupé à coller des feuilles de chêne sur ce qui semblait être un platane.

Alice s'enquit de ces travaux absurdes auprès d'un des jardiniers.

— C'est, lui expliqua-t-il, que nous nous sommes trompés. Et si la Reine s'en aperçoit, elle nous fera couper la tête. Alors nous nous dépêchons de réparer nos erreurs avant qu'elle ne vienne visiter son jardin.

— Mais qui est cette Reine ? se risqua à demander Alice.

Le jardinier lui lança un regard affolé.

— Vous osez poser la question ?

— Je ne vois pas quel mal il y a à ne pas savoir. On peut toujours apprendre.

— Vous plaisantez, j'espère. La Reine de Cœur est notre Reine bien-aimée et nous nous devons de la servir. Nous n'avons pas d'autre souveraine qu'elle. Tout le reste n'est que littérature.

— Ah, je vous remercie, dit poliment Alice, qui n'avait jamais entendu parler de cette Reine de Cœur-là.

Le fait de se trouver dans ce jardin, alors même qu'elle n'avait rien demandé, faisait-il d'elle un sujet de cette Reine ? Une souveraine qui aimait manifestement couper la tête de ses dits sujets. Alice se rappela un cours d'histoire sur la monarchie, la Révolution française et l'abolition des privilèges. Pourquoi la reine portait-elle alors ce nom, Reine de Cœur ? Elle aurait plutôt dû s'appeler Reine de Pique, ou Reine de Couteau.

Bientôt elle entendit un brouhaha et, tournant la tête, elle vit qu'une grande quantité de personnes s'avançaient vers elle. Elle comprit qu'il s'agissait d'un long défilé de courtisans qui accompagnaient leur Reine, venus pour visiter avec elle ses jardins. Chamarrés, bigarrés, harnachés et décorés, ils gesticulaient à qui mieux mieux, respectueux et enthousiastes, prenant des poses admiratives. Se reculant pour se fondre dans les buis et les bordures, elle en laissa passer quelques-uns. Assez étrangement, il lui sembla reconnaître quelques-unes de ces personnes, des connaissances, des voisins. Certains amis de ses parents, des universitaires ou des journalistes, tous très vieux ou laids et qu'elle ne voudrait pour rien au monde épouser, Mme Serrure, sa psychothérapeute silencieuse, et Mme Klang, sa rigide professeure de piano. Et aussi M. Courtois, le proviseur de son école, qui semblait être toujours en robe de chambre, comme Balzac, et qui faisait des effets de manches – Alice adorait cette expression – devant les parents lors de la Grande Réunion, mais dont on attendait toujours les réformes promises, comme du savon dans les toilettes ou de la nourriture comestible à la cantine.

Le Roi et la Reine de Cœur apparurent. À leurs côtés marchait la Lapine, d'un air craintif mais important. Elle chuchotait de temps à autre à l'oreille de la souveraine. Un sablier géant était porté cérémonieusement par des huissiers sur un coussin écarlate.

Le Roi avait l'air un peu fatigué. Il avait un bon visage et tenait un livre sous son bras. J'imagine, se dit Alice, que dès qu'il en a l'occasion, et dès que sa Reine lui laisse un peu de répit, il vole quelques gâteaux dans la cuisine derrière le dos du pâtissier et il s'échappe dans le jardin pour lire un bon roman sous un arbre. Alice, à cette idée, se sentit immédiatement des atomes crochus avec ce sympathique souverain. La Reine, fidèle à sa réputation, était manifestement courroucée par quelque chose. Elle donnait continuellement des coups nerveux sur sa jambe avec une tapette à mouches.

Une fois que la souveraine eut visité ses jardins, particulièrement mécontente de ses plantations, elle demanda qu'on coupe la tête de tous ses jardiniers. Puis elle invita Alice à une partie de croquet. Alice, qui n'aimait pas beaucoup jouer à ce jeu mais qui craignait qu'elle la fasse décapiter à son tour, s'empressa d'accepter.

— Tous à vos places ! hurla la Reine.

Ce fut un moment de grande confusion, car tous couraient dans tous les sens, affolés, redoutant de lui déplaire. La Lapine Blanche demanda qu'on installe le Grand Sablier près du couple royal et veilla à ce que chacun reçoive son maillet. Au lieu d'être en bois, ils étaient en carton et très fragiles.

Le jeu consistait à faire passer des boules en papier froissé sous les arceaux agrémentés d'étiquettes, à l'aide des maillets mous, dans le temps imparti par le passage du sable dans le Grand Sablier.

— Honneur à notre invitée, dit la Reine, furieuse. Qu'elle joue la première ! Lancez le Sablier !

Il y eut un roulement de tambour et des trompettes retentirent. La Lapine, aidée de deux soldats, retourna à grand-peine le sablier géant qui reposait sur son coussin de velours grenat.

Alice comprit avec horreur que c'était d'elle qu'il s'agissait. Très intimidée, cherchant le regard de la Lapine qui se détourna, elle se saisit à regret de son fragile maillet de carton et tenta maladroitement de l'utiliser pour frapper la boulette. Elle avait l'intention de la faire rouler jusque sous le premier arceau, celui qui s'intitulait « Naissance », avant celui d'« Enfance » et celui d'« Adolescence ». Mais les deux instruments refusaient de se plier à ce qu'on attendait d'eux.

— Comment ose-t-elle nous faire attendre ! s'exclama la Reine.

— Pardonnez-moi, Majesté, bredouilla Alice, c'est que ce n'est pas facile…

— Pourquoi voudriez-vous que ce le soit ! coupa la Reine. Ce ne serait pas drôle, n'est-ce pas ?

Et la grosse femme plate s'esclaffa méchamment. Aussitôt, tous les courtisans firent de même.

Alice se débattait avec son improbable maillet et sa boulette dont le papier se dépliait peu à peu. C'est idiot, se dit la fillette, comment peut-on espérer jouer une partie un tant soit peu normale avec ces objets ridicules ? Finalement, à force de concentration, elle réussit à faire rouler sa boule qui passa avec succès sous l'arceau « Naissance ». Toute contente, elle se redressa, prête à recevoir les applaudissements de la cour. Au lieu de cela, la Reine pointa sur elle un doigt accusateur.

— Trop tard ! Le temps du Sablier est écoulé ! Cette joueuse est déclarée nulle !

La foule rugit. Il y eut des Oohhh ! et des sifflets.

— En voilà une qui a raté sa naissance ! dit une voix.

— Voilà une partie bien avortée, dit une autre.

— Quel échec !

— Elle va devoir vivre avec cela désormais, la pauvre, fit encore une voix.

— Enfin, vivre est un bien grand mot ! Puisqu'on va lui couper la tête !

— Qu'on lui coupe la tête ! hurla justement la Reine.

Alice jeta son maillet par terre avec humeur. Les poings sur les hanches et le rouge aux joues, elle se tourna vers la tribune royale, furieuse. Puis elle s'approcha du Sablier et regarda à l'intérieur. Elle s'aperçut qu'en fait de sable, il contenait de l'eau.

— Mais, ce sablier n'est pas réglementaire ! s'indigna la fillette. Ce n'est pas un sablier, c'est une clepsydre ! – Elle avait découvert ce mot savant dans une encyclopédie de ses parents quelques jours plus tôt – Comment voulez-vous que quiconque ait le temps de jouer son coup ?

— Vous croyez donc que la vie est « réglementaire » ? explosa la Reine. Vous croyez donc que la vie nous laisse le temps de « jouer nos coups » ?

Aux guillemets que la Reine avait mis aux mots d'Alice, la foule rugit de rire.

— Voilà la chose la plus absurde que j'aie jamais entendue ! cria Alice, de toute sa voix. Ce jeu est impossible !

— Je ne vous le fais pas dire, dit la Reine platement.

— Pensez ce que vous voulez, ça m'est bien égal ! Tout ça, c'est de la triche ! dit Alice. Je n'ai même pas pu aller jusqu'à « Adolescence » ! J'ai vu qu'après il y avait « Métamorphose », « Amour », puis « Travail », « Enfants », puis… « Dépression » et « Pot-au-feu du dimanche » et « Mots croisés »… Je ne suis pas sûre de comprendre ce que…

À ce moment, le Roi s'approcha d'Alice et lui dit avec componction :

— Ne vous tourmentez pas trop, ma petite. Rien n'est encore perdu. Vous pouvez encore faire une belle « Mort » ...

Alice fut prise d'un frisson et recula d'un coup. C'est alors qu'elle vit un sourire familier apparaître dans les frondaisons d'un grand chêne, ou peut-être était-ce un platane rhabillé de feuilles de chêne. Tout d'abord apparurent quelques dents pointues et luisantes, puis ce fut toute la denture qui s'afficha pour former un large sourire. C'était la Chatte-du-Loir-et-Cher qui s'invitait parmi eux. Alice fut très soulagée de la voir interrompre cette pénible partie de croquet.

— Comment vous en sortez-vous, Très Chère ? demanda la féline.

Alice attendit que le reste de son visage apparaisse pour lui répondre.

— Pas le mieux du monde, à vrai dire. Je trouve les règles de ce jeu très injustes. Et je les trouve tous très impolis !

— Et comment trouvez-vous la Reine ?

— Franchement, elle ne m'impressionne pas du tout. Elle ne semble capable de régler les conflits qu'en faisant couper la tête des gens. Je m'étonne qu'ils ne soient pas tous morts, là-dedans !

— Qu'en savez-vous ? Ils le sont peut-être, justement ! gloussa la Chatte.

— Oh, vraiment, vous n'êtes pas drôle, vous savez !

— Je vous conseille de déguerpir au plus vite, si vous ne voulez pas finir comme eux, dit-elle posément. Ce jeu demande qu'on y réfléchisse un peu. N'espérez pas réussir du premier coup. Cela exige de la persévérance.

— Vous avez raison, dit Alice, je ne vais pas rester ici une minute de plus avec ces ridicules cartes à jouer. Pourriez-vous me dire dans quelle direction je…

Mais Alice n'eut pas le temps de finir sa phrase que la Chatte, et même son sourire, avait déjà disparu.

Rêveries de la Fleur exotique

Curieusement, Alicia passait certaines de ses vacances dans une abbaye. Bien qu'elle ne fût pas baptisée et ne se sentît pas particulièrement concernée par la foi, elle se retrouvait plusieurs fois par an dans le presbytère d'un cousin qui était prêtre. Sa maison jouxtait les bâtiments où les moniales vaquaient à leurs occupations réglées et déconcertantes. Une petite église romane se nichait au bout d'un chemin.

C'était un endroit magnifique mais étrange, isolé du monde et plein de frais silence.

À son arrivée, la famille passait sous la très vieille porte gothique en pierre et remontait la grande allée de cyprès, bordée d'un long mur, qui menait aux bâtiments. À mi-chemin se trouvait la petite grille qui ouvrait sur le presbytère et son enclos de curé. Alicia, retrouvant ce lieu, était chaque fois un peu émue. Des jardins muets et simples, entourés de murets et de portes secrètes et vermoulues, de vieux pommiers tordus, une antique fontaine au visage usé dont le robinet sortait d'une bouche effacée, tout respirait l'air d'un monde aboli. La vie intérieure, l'au-delà, le passé étaient autant de notions qui existaient à leur aise dans ce lieu. Quelque chose dans cet endroit – elle n'aurait su dire exactement quoi – vous appelait vers une région de vous-même, dont les portes n'étaient pas si invisibles et fermées qu'elle l'aurait cru.

C'était inhabituel pour une enfant de douze ans, puis pour une adolescente de quinze de s'établir plusieurs jours ou plusieurs semaines chaque année dans cet endroit, tandis que les autres filles de son âge retrouvaient des cousins ou des amis au bord de la mer et s'abandonnaient aux plaisirs du corps et de l'été dans le Sud, s'inquiétant de leur bronzage, croquant dans des beignets saupoudrés de sucre, riant sous les étoiles, aimant, dansant.

Pourtant, il ne déplaisait pas tout à fait à Alicia de croiser ces nonnes, ces sœurs discrètes, qui avaient fait vœu de silence, et qui leur apportaient du quatre-quarts, des compotes maison, des soupes faites avec les légumes du potager qui constituaient leur ordinaire et celui de leurs hôtes au réfectoire. Cette nourriture était fade et saine, austère, détentrice d'une sorte de pureté. L'une des moniales, sœur Marie-Madeleine, restait souvent un peu plus longtemps pour bavarder. Alicia avait parfois avec elle des conversations surréalistes sur le fait d'être une femme, ou sur des passages de l'Ancien Testament. Le cousin, lui, était rarement avec eux, appelé pour des mariages ou des baptêmes, ou requis pour des retraites. Parfois, un évêque était de passage et on se devait de lui laisser la grande chambre qui donnait sur le jardin. On avait toujours un peu peur de le croiser, sans crier gare, dans le vaste escalier de pierre. On riait sous cape, nerveusement. Mais la chose était rare. Levé et couché de bonne heure, il prenait tous ses repas à l'abbaye.

À cause de ces hôtes étonnants, Alicia savait, bien que le gros presbytère carré fût devenu, à force, un lieu familier et aimé, qu'elle n'était pas chez elle au sens où on l'entend dans une maison de famille. Un jour, il leur faudrait quitter cet endroit devenu comme un prolongement d'elle-même, pour ne plus y revenir jamais.

Les journées étaient rythmées par la cloche de la petite église qui sonnait la liturgie des heures. Alicia ne cherchait pas à savoir ce que recoupaient exactement ces offices de prières, elle aimait simplement se répéter leurs noms poétiques et mystérieux : vigiles ou matines, laudes, prime, tierce, sexte, none, vêpres, complies. Ces mots résonnent encore en elle aujourd'hui, comme des tintements intimes, à demi effacés. Si elle tend l'oreille, elle entend encore sœur Marie-Madeleine dire : « Je repasserai avant vêpres vous apporter de la tarte aux pommes. »

Alicia, ces étés-là, s'ennuyait affreusement. À quinze ans, coupée du monde, elle y vivait une vie décalée, sans rien pour se distraire. Parfois, elle se rendait à pied dans un club équestre voisin où elle aimait s'occuper des chevaux. Après qu'elle les avait montés, la direction acceptait qu'elle passe du temps dans les stalles à les bouchonner, à démêler et natter leur crinière ou à curer leurs sabots. Elle les sellait, leur mettait le mors et le filet, et les sortait pour les reprises, au manège ou en forêt. Elle aidait les cavaliers novices à régler leur selle et leurs étriers. Entre deux sorties, elle aimait rester avec eux, leur caresser le chanfrein et leur parler tout bas. Puis, le soir venu, les chevaux soignés, elle prenait congé de l'équipe et revenait à l'abbaye, fatiguée et sentant l'écurie. La vie au presbytère n'était pas conçue pour une jeune fille des années soixante-dix. La Reine d'Alice coupait les têtes et le presbytère d'Alicia lui rognait les ailes. Malgré tout, elle avait conscience d'y vivre un privilège, une expérience rare et hors du temps. C'était comme habiter un roman de Balzac. Quelque chose en elle s'émouvait au contact de ces rites anciens, immémoriaux, de cette simplicité. Une épure dont la beauté l'atteignait par des détours inattendus, et dont elle percevait, fugacement, la vérité.

La nuit, elle était seule dans sa petite chambre sous les combles. Les adultes étaient couchés depuis longtemps, à l'étage en-dessous, parmi les lourds meubles légués à l'abbaye par des paroissiennes dévotes et sans descendance. Elle ouvrait alors sa fenêtre et s'accoudait au garde-corps. La nuit, froide et muette, la saisissait au cœur. Une qualité de l'air, du silence qu'on ne trouve qu'à la campagne, montait de la rue et se répandait alentour, au-dessus des toits. Elle aimait contempler l'hôtel particulier de l'autre côté de la rue, avec sa pierre blonde, ses ornements et ses mascarons raffinés, sa glycine qui grimpait le long du mur, noueuse, telle une femme exaltée. Elle n'apercevait jamais personne derrière les fenêtres. Elle l'imaginait habitée par des esprits mélancoliques et perdus.

La rumeur du centre-ville s'était tue. Non loin, des ruines romaines envoyaient des ondes mystérieuses. Alicia, assise sur le rebord de la fenêtre, ses jambes nues dépassant de sous sa chemise de nuit, comme une fleur exotique incongrue, une fille de Balthus en attente de quelque chose, fumait une cigarette interdite. Lentement, voluptueusement, elle soufflait des volutes de fumée bleue dans l'air cristallin. Elle riait intérieurement à l'idée que la cousine du prêtre puisse se livrer à de tels comportements.

Elle rêvait aux garçons, aux hommes. À leurs larges épaules, à leurs mains qui pouvaient contenir les siennes. Elle pensait à Virgil, qu'elle reverrait peut-être. Elle ne savait pas.

La Fausse-Mort tue

— Vous ne vous imaginez pas comme je suis heureuse de vous revoir, vieille branche, lança la Duchesse à Alice.

Alice sursauta. L'horrible femme venait de s'approcher de la fillette par surprise. Elle contempla son affreux visage. La Duchesse glissa sans façon son bras dans celui d'Alice et elles se mirent à cheminer de concert, dans n'importe quelle direction.

— Je ne suis pas fâchée d'avoir quitté le jeu de la Reine, dit Alice, qui ne savait pas quoi dire pour amorcer la conversation.

— Ce qui est dit est dit et n'a pas besoin d'être redit. Sauf si l'on souhaite se répéter, énonça la Duchesse.

— Je trouve que la Reine abuse de son pouvoir. Et que son sablier est truqué, ajouta Alice, avec fougue.

— Taisez-vous, malheureuse, on pourrait nous entendre.

— Je ne vois personne autour de nous, dit Alice.

— Vous savez bien que la Chatte-du-Loir-et-Cher n'est jamais loin.

— Oui, c'est vrai qu'elle est bizarre, mais je ne la pense pas capable de…

La Duchesse la coupa.

— La morale de l'histoire est qu'un chat a le droit de regarder une reine. (C'était un proverbe anglais bien connu, mais qu'Alice n'avait jamais entendu.)

— Moi, je dirais plutôt que la morale de l'histoire est qu'un jeu de croquet dont les règles sont truquées n'est plus un jeu. C'est un fouillis-patatras, on n'y comprend plus rien, dit Alice, poursuivant son idée et inventant un mot-valise.

— Morale de l'histoire, lança la Duchesse, le fouillis-patatras est au jeu de croquet ce que le sable est au sandwich. On aimerait s'en passer, mais lorsqu'on pique-nique sur la plage, il est inévitable d'en retrouver dans le pain.

— À propos de sable, fit remarquer Alice, le sablier royal contenait de l'eau.

— Morale de l'histoire, le temps passe plus vite que l'on croit.

— Mais pas du tout ! Le temps est le même partout. C'est le sablier qui était faux ! Comme si on ne nous laissait pas le loisir de vivre quoi que ce soit ! C'est exaspérant !

— Ce n'était pas l'avis d'Einstein. Avez-vous jamais lu la théorie de la relativité, jeune demoiselle ? demanda la Duchesse, quelque peu courroucée.

Alice se tut, embarrassée. Elle avait bien entendu parler de ce savant, mais en quoi était-il lié à cette histoire ? Par ailleurs, elle trouvait que la Duchesse était un peu trop friande de morales en tous genres, et que la conversation tournait en rond. Elle se demandait comment sortir de cette situation et espérait presque que la Chatte-du-Loir-et-Cher apparaisse soudainement sur une branche au-dessus de leurs têtes, avec son sourire carnassier.

— Tout de même, dit Alice, timidement, j'ai le droit d'avoir un avis.

— Oh, autant que les poissons-chats de voler à minuit, dit la Duchesse, perfide.

À cet instant, la Reine apparut à nouveau, toute plate sur sa carte à jouer. La Duchesse, épouvantée, s'arrêta net et commença à trembler comme une feuille de bananier sous la pluie de mousson.

— Mes respectueux hommages, Majesté, bégaya la Duchesse en regardant ses pieds.

La Reine se mit à trépigner et à hurler :

— Je vous préviens, vous, ou bien vous disparaissez, ou bien c'est votre tête qui disparaît !

La Duchesse ne se le fit pas dire deux fois et déguerpit, ramassant ses jupes pour courir plus vite et dandinant son gros derrière. C'est curieux, se dit Alice, comme la Duchesse était passée de tyran à victime en si peu de temps. Au fond, songea-t-elle, on trouve toujours tôt ou tard, plus tyrannique que soi. Mais parfois, on a peur d'un simple tigre de papier, ajouta-t-elle pour elle-même.

— Bien, dit la Reine, impatiente, connaissez-vous la Fausse-Tortue ?

— Je n'ai pas cette chance, balbutia Alice, qui avait compris « la fausse mort tue ».

— Eh bien vous avez tort. Dépêchez-vous, le Griffon va vous conduire chez elle. Elle vous racontera son histoire.

Sur ce, la Reine tourna les talons et repartit vers ses jardins afin de voir qui elle pourrait faire encore exécuter. Alice se retrouva seule, avec pour mission de rencontrer la Fausse Mort. À vrai dire, elle n'en avait aucune envie. Vraie ou fausse, la Mort n'est pas quelqu'un que l'on recherche, énonça la fillette à voix haute.

— Sauf peut-être au Mexique, dit une voix caressante au-dessus d'elle.

Alice sursauta et leva les yeux. La Chatte-du-Loir-et-Cher était réapparue sur la branche d'un hêtre et souriait de toutes ses dents pointues et brillantes comme les étoiles.

— Pourquoi au Mexique ? demanda la fillette.

— Parce que là-bas, on la fête, dit la féline. On offre à la mort des friandises, des fleurs. On l'aime ! On se déguise pour elle !

— Drôle d'idée. Je préfère me déguiser pour le carnaval.

— Vous feriez pourtant un très beau squelette.

— Décidément, dit Alice, tout le monde veut tout le temps que je meure ! Ils sont aussi fous, au Mexique, que chez le Lièvre de Mars !

— Il y a mort et mort, dit la Chatte, dont le visage commençait à se dissoudre. Il y a la petite et la grande. Et toutes celles entre les deux…

— Je ne vois pas de quoi vous voulez parler, cria Alice, énervée, quand on est mort, on est mort, il me semble !

— À moins de…

La Chatte-du-Loir-et-Cher ne termina pas sa phrase. Seul son sourire scintillant resta suspendu encore un instant dans les frondaisons, comme une tranche de melon céleste et juteuse, avant de s'effacer tout à fait.

Une très vieille histoire

Alicia avait revu Virgil à L'Abyssinie. Il la scrutait depuis sa haute taille, de son regard intense et mélancolique, et lui offrait généralement un café. Parfois à l'évocation d'une chose qui lui plaisait, une annonce politique, une chanson, quelque chose d'entendu, de vu, de capté dans l'air du temps, il riait d'un rire plein et franc. Puis une expression pensive revenait sur son visage, et il était difficile de lui soutirer plus de trois mots.

Sortant de sa poche le papier froissé, le lui montrant, Alicia lui avait demandé :

— Pourquoi le cirque ?

— Parce que j'y vis.

Elle était restée sans voix. Une foule d'images, d'idées toutes faites se bousculaient dans son esprit. Tout cela n'avait pas beaucoup de sens. Elle avait rassemblé son courage et avait tenté de l'interroger.

— Tu appartiens à ce cirque ?

— Hmm (c'était une affirmation).

— Tu y fais quoi ?

— Funambule.
— Funambule ? Ouah ! Tu…
Il l'avait coupée.
— Mes parents sont magiciens. Ma sœur écuyère.
— Ah.

Face à une telle information, Alicia ne sut pas si elle devait s'émerveiller ou s'alarmer. Évidemment, elle imaginait mal, à présent, lui raconter des choses de ses parents à elle. De leur immense culture, de leurs manies. Elle relut les quelques vers griffonnés sur l'invitation au cirque Ioannina.

Elle est apparue
Elle parlait le langage des lunes
– langue éteinte.
Pour bien qu'on la comprenne,
Depuis sa cage,
Elle versait des larmes.
Ses yeux des soleils mouillés
Elle cherchait l'or du cœur.

Elle aurait été incapable de dire s'il s'agissait de bonne poésie. Peut-être. Puis elle s'attarda sur le dessin de la cage, un objet très orné, constitué d'arabesques et de motifs baroques avec, à l'intérieur, l'oiseau de paradis. Elle trouvait le dessin expressif et très beau. Tout cela était étrange et mystérieux. Mais Alicia avait beau être jeune, elle n'était pas assez naïve pour croire forcément à cette soudaine magie.

— Tu viens d'où ? lui demanda-t-elle.

— Ma famille est romaniote.

Alicia n'avait jamais entendu parler de ce peuple. Elle lui jeta un regard interrogatif.

— Vieille histoire. Peuple quasi disparu. Langue morte.

— Tu me raconteras ?

— Il n'y a pas grand-chose à en dire. C'est parce qu'on n'existe plus qu'on fait notre cirque. Enfin, c'est ce qu'ils disent.

— Qui ?

— Les miens. Les autres. Ils sont dispersés à travers le monde.

— Pour voyager ? Pour exister quelque part ?

— Si je savais. C'est absurde, j'en conviens.

Alicia ne tira pas davantage d'informations de Virgil ce jour-là. Elle se demandait si ce garçon pourrait s'intéresser à elle, la comprendre. S'il n'était pas trop immergé dans sa tristesse atavique, sa poésie d'oiseaux et de signes. Il était si beau. Elle ne pouvait s'empêcher de se demander comment ce serait de se retrouver dans les bras d'un funambule, un vrai. Baisers fous en équilibre sur un fil, étreintes la tête en bas dans les airs, entre la piste et le ciel du chapiteau. De quels vertiges serait-elle alors la proie ? Elle imaginait le parfum de ses cheveux en bataille parmi les grains de poussière virevoltants dans la lumière des projecteurs, l'odeur exquise et salée de sa transpiration, celle, sucrée, de la sciure.

Il y avait quelque chose d'indéfinissable en Virgil, qui vous échappait. Une force poétique bizarre, une joie triste. Malgré ses doutes, elle avait envie de le sauver.

Ils étaient restés une après-midi entière à se parler avec de grands silences, en s'effleurant des doigts. Plusieurs cafés amers et presque un demi-paquet de Camel y étaient passés. Quelques confidences, des rires. Puis ils avaient quitté L'Abyssinie, main dans la main, sous une pluie fine et transperçante. Tout autour d'eux les gens se hâtaient, rasant les immeubles, serrant leur parapluie, pataugeant dans les flaques. C'était l'habituel hiver gris et froid de la ville qui, au moins une fois chaque année, vous donnait envie de vous pendre. Alicia, indifférente à la froidure, rêvant d'un fil d'agent scintillant sous un chapiteau, se serra tout contre lui, contre son blouson mouillé. Virgil passa son grand bras autour de sa taille. Ils ne faisaient plus qu'un. Mais elle sentit qu'à l'intérieur il était plein de vide et d'étoiles mortes.

Le Quadrille des suppliciées

La Chatte-du-Loir-et-Cher avait bien disparu, mais à sa place se présenta le Griffon annoncé. C'était une chimère composite qui tenait du tigre, de l'aigle royal, avec des oreilles de lapin et une poche de kangourou. Quel dommage, se dit Alice, il a toutes sortes de traits intéressants mais ils sont tous très mal mis en valeur. Elle pensa à ce jeu qui consiste à assembler des cartes en plaçant des têtes sur des corps différents, et ensuite d'y ajouter des jambes, afin de composer toutes sortes de monstres. Elle adorait y jouer tout en suçotant un Carambar.

L'animal s'inclina avec respect et lui dit qu'il venait de la part de la Reine.

— J'ai pour mission de vous amener à la Fausse-Tortue.

— Ah, la Fausse-Tortue ! s'exclama Alice, j'avais compris la Fausse-Mort... mais elle se ravisa, ne voulant pas que l'on puisse conclure qu'elle osait critiquer la diction de la Reine, et dit simplement : Avec grand plaisir.

Alice chemina quelque temps au côté du Griffon. Ils arrivèrent enfin en vue d'une petite crique entourée de rochers. Sur l'un d'eux, une tortue luth géante, la tête dans les mains, sanglotait. Alice leva les yeux vers le Griffon, étonnée, et lui demanda quelle était la raison du chagrin de la Fausse-Tortue.

— Elle va vous le dire elle-même, sans doute, répondit la chimère. À moins qu'elle ne vous le dise pas et qu'elle sanglote de plus belle.

— Voilà qui est engageant, marmonna Alice dans sa barbe.

Ils s'approchèrent du rocher. La Fausse-Tortue leva alors son visage : c'était une tête de mort. Alice sursauta. Des larmes scintillantes coulaient le long de ses joues osseuses.

— Je vous présente Alice, dit le Griffon avec componction. Alice, voici la Fausse-Tortue.

— Ravie, dit Alice en faisant une légère révérence, car elle n'avait pas très envie de lui serrer la nageoire.

— Pas autant que moi, soupira le reptile ectotherme.

— Cette jeune personne voudrait savoir la raison de votre tourment, dit le Griffon, avec urbanité.

— Eh bien je vais vous la dire.

Ensuite s'installa un silence gênant de plusieurs minutes qu'Alice n'osa pas briser. Elle était sur le point de prendre congé, lorsque la Fausse-Tortue se racla enfin la gorge et commença.

— Eh bien, voilà. Je pleure sur le sort de toutes les femmes, toutes les filles, toutes les fillettes qui ont été martyrisées depuis que le monde existe.

— Ah… fit Alice, prise au dépourvu.

— Et croyez-moi, cela fait du monde !

— Mais, dit Alice, hésitante, martyrisées par qui ? Par les hommes ?

— Et par qui d'autre ! éructa la Fausse-Tortue, sa voix se brisant dans un sanglot.

— Évidemment, murmura Alice, embarrassée. Cela fait la moitié de l'humanité qui persécute l'autre. C'est beaucoup.

— Je ne vous le fais pas dire ! Et encore, c'est compter sans les enfants.

— Les enfants ?

— Eh oui. Les enfants maltraités, battus, abusés, tués… C'est généralement le fait des hommes.

— Certes. Décidément, ce n'est pas très gentil de leur part, fit Alice qui ne savait pas quoi dire d'autre et qui, la phrase aussitôt prononcée, eut le sentiment d'avoir énoncé un euphémisme stupide.

La Fausse-Tortue regarda Alice, des larmes cristallines dévalant les os de sa face de squelette.

— On voit bien que tout cela vous laisse de marbre.

— Mais pas du tout ! s'écria Alice. Au contraire !

— Si, si, on voit bien que le sort des femmes domestiques, des fillettes vendues et mariées de force, des femmes enfermées, de celles interdites d'école, de celles qui meurent en couches, de celles qui sont des prises de guerre, de celles qui mangent les restes, de celles pour qui l'avortement est un parcours du combattant, ne vous émeut en rien !

Alice, estomaquée, n'eut pas le temps de répondre car la Tortue-Tête-de-mort se remit à sangloter de plus belle. Le Griffon, qui n'avait rien dit jusque-là, fit signe à Alice de se retirer.

— Venez, chuchota-t-il, laissons-la, elle finira par se calmer. Elle est parfois sujette à des crises de désespoir profond.

— Mais je suis très contrariée que la Fausse-Tortue me prenne pour quelqu'un d'insensible. Je ne voudrais pas qu'elle pense que…

— Ne vous en faites pas. Bientôt il sera l'heure de danser le quadrille des suppliciées. Vous verrez, c'est très amusant !

Le quadrille des suppliciées ? se dit Alice, en s'éloignant de la crique au côté du Griffon, laissant la Fausse-Tortue en proie à scs larmes. Je n'ai aucune envie de m'essayer à cette danse affreuse ! Tout cela est ridicule ! Je ferais mieux de tenter de trouver le chemin du retour avant que… Mais le Griffon n'attendait pas et marchait soudain si vite qu'Alice dut trottiner derrière lui. Au loin, sur la plage, elle crut distinguer des femmes et des homards qui dansaient de concert, tristement.

Où sont les femmes ?

Brusquement, un jour glacé de décembre, Alicia avait eu envie de se faire couper les cheveux. Elle voulait peut-être faire le deuil de son enfance, qui sait ? Elle était entrée un matin chez un coiffeur de son quartier et lui avait demandé une coupe courte. Sa longue chevelure auburn était tombée sur le carrelage, sacrifiée. Bizarrement, cela ne lui avait fait ni chaud ni froid. Elle n'avait même pas songé à la réclamer au coiffeur pour la conserver, nouée d'un ruban, dans une boîte.

De retour chez elle, elle se montra à sa mère qui poussa un cri.

— Comment as-tu pu faire ça ! s'écria sa génitrice, visiblement sincèrement affectée. Tu avais une chevelure magnifique, les hommes se retournaient dans la rue !

Quelle curieuse réaction, se dit Alicia. Qui étaient ces hommes ? Elle ne les avait pas remarqués. Jamais, jusqu'à ce jour, sa mère n'avait seulement évoqué cette « beauté », soudain surgie de nulle part pour être instantanément détruite. Elle décida de ne plus y penser.

Alicia avait repéré cette chanson bizarre, chantée par un personnage non moins bizarre. Le chanteur était un homme très féminin, cheveux blonds, nez fin, mâchoire sculptée, émouvante, arcade sourcilière parfaite. Ce qui plaisait à Alicia, ce qui la troublait, esthétiquement, c'était ces strass et ces paillettes dont l'artiste se décorait le visage. Elle n'aurait su dire pourquoi ces paillettes la fascinaient tant.

Alicia se doutait bien que ce chanteur appartenait à une catégorie peu considérée, la variété kitsch. C'était un chanteur pour filles. Mais la rencontre du visage, de la voix très haut perchée, et des paroles de cette chanson, le tout arrangé sur cette musique à la fois disco et planante, créait une sorte d'envoûtement. C'était une déclaration inhabituelle, quelque chose qui transcendait les codes et les genres. Le personnage chantait :

Elles portent un blouson noir
Elles fument le cigare
Font parfois un enfant
Par hasard
Et dès que vient le soir,
Elles courent dans le néant
Vers des plaisirs provisoires

Où sont les femmes ?
Avec leurs gestes pleins de charme

Dites-moi où sont les femmes
Qui ont des rires pleins de larmes…

Les rires pleins de larmes la touchaient plus qu'elle n'aurait voulu l'admettre. À quinze ans, elle commençait à entrevoir de quoi pouvaient être faites ces larmes-là. Inévitablement, cette chanson en appelait une autre, plus ancienne, qu'elle entendait, enfant, sortir du gros poste de radio du petit appartement de son éden primordial. Une chanson dont elle ne comprenait pas les paroles, à l'époque, trop ambiguës pour elle, mais si fascinantes :

Comme un garçon j'ai les cheveux longs
Comme un garçon je porte un blouson
Un médaillon, un gros ceinturon
Comme un garçon…
Pourtant, je ne suis qu'une fille,
Et quand je suis dans tes bras
Je ne suis qu'une petite fille,
Perdue quand tu n'es pas là.

La deuxième chanson, celle de Sylvie Vartan, lui procurait, enfant, un frisson particulier. C'était le « comme un garçon » qui la troublait. Mais ces deux chansons véhiculaient des messages proches et contraires. La plus ancienne célébrait une liberté revendiquée, prise, et l'identification au sexe opposé, mais aussi in fine le renoncement à cette liberté pour être sûre de plaire aux hommes. L'autre, celle de Patrick Juvet, admettait qu'à se comporter comme un garçon, aussi troublant et voluptueux que ce puisse être, on en perdait peut-être et funestement quelque chose de son féminin. Alicia les aimait toutes les deux.

La question revenait à cela : devait-on exalter son féminin pour accomplir sa vie de femme ou, au contraire, le mettre en sourdine pour s'en émanciper ?

Alicia avait toujours envié la capacité des hommes, et tout particulièrement celle des écrivains, à se saisir du monde. Tournés vers l'extérieur, ils arpentaient les possibles, voracement, se saisissant de tout ce qui passait à leur portée. Voyages, aventures, histoires, politique, royaumes, femmes, c'était chaque fois un acte de possession. Et elle enviait cette capacité-là à s'emparer des choses, à les posséder. Les écrivaines, elles, écrivaient souvent de l'intérieur, parlaient de l'intime, du corps, de l'enfantement, leur vision s'attachait au minuscule, à l'identité dans ses plus petits tressaillements. C'était plus quotidien, plus domestique, plus incarné. Plus ennuyeux, aussi, trouvait-elle. D'ailleurs, plus tard, jeune fille, elle préférera fréquenter les garçons. Elle trouvera que l'esprit souffle davantage de ce côté-là. Ce n'était sans doute pas très féministe de le dire, mais c'était ainsi.

Aujourd'hui, la maturité venue, tandis qu'elle s'essaie à écrire les nouvelles aventures d'Alice au pays des femmes, Alicia sait ce que le monde leur doit et comme la masculinité peut s'avérer toxique et destructrice. Elle observe l'éternelle tragédie du monde vu et imaginé par les hommes.

Alicia repensait à son amie russe. Varvara, elle, prenait possession des situations et des gens, comme un homme, ce n'était jamais elle qui était prise. Elle avait beau être maladroite, perdue, elle se comportait en guerrière et ne se laissait jamais dicter sa conduite. Elle était dévorante et déterminée. Elle était Athéna, sortant tout armée de la tête de son père déchu et sans doute magnifié par elle. Un père ainsi restauré dans sa grandeur. En tant que femme, elle s'érigeait instinctivement en combattante du clan, rétablissant la justice, se battant pour toutes les femmes.

Devrions-nous toutes être des Athénas ?

Le Tribunal des femelles

La Lapine Blanche passa en trombe devant Alice tout en soufflant dans sa trompette rutilante. Elle portait à présent une robe de mousseline et des jupons bouffants, avec une fraise à l'ancienne autour du cou. Elle semblait encore plus nerveuse qu'à l'ordinaire. Une fois qu'elle eut joué sa musique militaire, elle déroula un parchemin qu'elle lut solennellement.

— Oyez ! Le grand tribunal ouvrira ses portes dans dix minutes pour le jugement de la Reine ! Le grand tribunal ouvrira ses portes dans dix minutes ! Qu'on se le dise !

Puis elle détala en sautillant, son instrument sous le bras.

Alice suivit le Griffon qui la guida jusqu'au tribunal – ils avaient renoncé au bal des suppliciées, la séance promettant d'être plus excitante, selon les dires de la chimère. Le bâtiment, grandiose, impressionna Alice qui n'en avait encore jamais vu un comme celui-là. À l'intérieur, la cour était déjà assemblée, nombreuse, sur les gradins et dans les box. Le Roi et la Reine s'avancèrent jusqu'à la loge royale. Tous s'inclinèrent en signe de respect.

— Que va-t-on juger ? demanda Alice en chuchotant, curieuse, au Griffon.

Mais celui-ci s'était déjà esquivé, la laissant seule, pour aller retrouver d'autres monstres qui bavardaient, assis sur des gradins dans un coin. La fillette, désemparée, chercha autour d'elle un visage familier mais n'en trouva aucun. Se hissant sur la pointe des pieds, elle tenta d'apercevoir qui était le juge. Elle nota que c'était le Roi et qu'il avait placé sa couronne sur une grosse perruque poudrée. Les jurés étaient assis dans un box. Alice n'avait donc aucune idée de qui on allait juger et pour quel délit.

Sur ce, le Roi demanda à la Lapine de lire l'acte d'accusation. Le léporidé s'avança, les moustaches tremblantes et, laissant malencontreusement tomber sa trompette qui percuta le sol avec un fracas de casseroles, rougit violemment, puis déroula à nouveau son parchemin. Elle s'éclaircit la gorge et lut d'une voix mal assurée :

— Il est reproché aux femmes d'être des entraves à la bonne marche du monde. Partout, les femmes tentent les hommes et leur font perdre la tête, puis, parfois, se refusent à eux, ce qui engendre des situations regrettables. Elles ne restent que rarement à leur place. Elles se mêlent de tout et, non contentes d'assurer la perpétuation de l'espèce, travail nécessaire mais assez dégoûtant il faut bien le dire, elles s'en vantent et réclament d'autres privilèges. Elles demandent à pouvoir avorter quand bon leur semble. Enfin, elles exigent de participer aux affaires du monde à part égale avec les hommes et à être rémunérées autant pour le même travail accompli. Et pour clore ce long et navrant tableau, elles passent bien trop de leur temps à s'habiller et à se peinturlurer la figure. Les hommes en ont assez.

Il y eut des murmures scandalisés dans la salle. Incroyable ! entendit-on. Insensé ! Quelle honte ! dirent encore des spectateurs. Alice, troublée, regarda ses mains, ses pieds, ses bras, et s'aperçut qu'en tant que membre du sexe féminin elle était directement concernée. Mais elle n'eut pas le temps de s'inquiéter.

— Qu'on appelle les témoins, rugit le Roi.

— Qu'on fasse venir le premier témoin, énonça la Lapine.

Il y eut un brouhaha et le Chapelier Fou fut poussé devant la cour. Il apparut avec une tasse de thé à la main et une tartelette à la fraise entamée, son grand chapeau tromblon vert moisi tombant sur son nez.

— Que signifie ceci ? dit le Roi.

— Faites excuse, Majesté, mais j'étais en train de prendre le thé lorsque l'on m'a fait quérir, fit le Chapelier.

Quel toupet, se dit Alice, qui se souvenait de ce thé déplorable où elle n'avait pu manger la moindre miette.

— Qu'on lui coupe la tête ! hurla la Reine.

— Je vous en prie, ma Mie, dit le Roi, attendons seulement d'avoir entendu tous les témoins. (Puis se tournant vers le chapeauté :) Qu'avez-vous à dire concernant les accusations, mon brave ?

— C'est-à-dire, dit le Chapelier, je ne connais que des femmes qui portent des chapeaux, Sire.

— Ah, et pensez-vous qu'elles soient meilleures que les autres ?

— Certainement, car celles qui n'en portent pas ne m'intéressent pas.

— Et que faites-vous de celles qui en portent parfois seulement, dit le Roi, mettons, les mardis et les samedis ?

— Très juste, dit le Loir qui venait d'entrer dans la salle, il y a certaines femmes qui...

Il fut interrompu par le Lièvre de Mars qui sauta au milieu du parterre et s'inclina profondément devant le couple royal.

— Sire, il faut considérer que les femmes qui portent des chapeaux le font pour paraître à leur avantage et qu'en ce sens elles veulent plaire aux hommes. Ce qui nous amène directement à la question de leur attitude et des frustrations qu'elles infligent à la population masculine, si vous me permettez ces précisions.

— Excellentes et pertinentes précisions, continuez.

Le Lièvre de Mars se rengorgea.

— Il est de notoriété publique que ces femmes, qui ont suscité le désir par leurs atours et leurs attitudes...

— Et leurs chapeaux, précisa le Chapelier.

— Oui, mais parfois… tenta de dire le Loir.

— Que ces femmes, continua le Lièvre, viennent ensuite se plaindre de ce que les hommes les approchent de façon trop empressée, tous trompés qu'ils ont été, et qu'ils les molestent parfois.

— Oh, pas souvent, ajouta le Chapelier.

— Si, justement, que faites-vous des femmes battues, ou privées de liberté ? tenta le Loir.

— Qu'on lui coupe la tête ! hurla la Reine, ce qui eut pour effet de calmer les ardeurs avocates du rongeur.

— Et ensuite, après avoir porté plainte et sali la réputation des hommes par leurs calomnies, elles exigent de faire le même travail qu'eux et d'être payées tout autant.

Il y eut un murmure de réprobation dans la salle.

— Très juste, dit le Roi. Quelle est votre conclusion ?

— Eh bien, Sire, je pense que les femmes sont une engeance dangereuse et qu'il faudrait s'en passer.

— Je suis du même avis, dit le Chapelier, en finissant sa bouchée de tarte à la fraise. Sauf peut-être le week-end, ajouta-t-il en se léchant les doigts.

— Sage remarque, fit le Roi. Toutefois, comment comptez-vous régler la question des naissances ?

— Il nous suffit de ne plus mourir et nous n'aurons plus besoin de naître ! dit le Chapelier Fou.

— Intéressant. À étudier. Merci messieurs. Qu'on appelle les prochains témoins !

Des huissiers poussèrent le Chapelier Fou et le Lièvre de Mars, ainsi que le Loir vers la sortie, puis firent entrer la Duchesse – toujours aussi hideuse, se dit Alice – et sa cuisinière qui portait le Bébé. Alice fut heureuse de voir qu'on avait retrouvé le nourrisson.

Nouveaux murmures houleux dans la salle à la vue des deux femmes.

— Vous, là, dit le Roi en pointant un doigt sur la Duchesse, que pensez-vous des femmes, étant donné que vous en êtes une ?

— Sauf votre respect, Sire, je n'ai point choisi d'en être une. D'ailleurs j'ai eu cet enfant – elle fit un geste rapide et énervé en direction du Bébé – dont je ne voulais pas et qui ne m'est d'aucune utilité, alors il me semble que j'ai bien le droit de penser du mal des femmes. Je les déteste ! Surtout celles qui sont belles !

— Comme je vous comprends, dit la Reine.

— Et vous, là, qui tenez cet enfançon, qui êtes-vous et que faites-vous ici ? demanda le monarque.

— Moi, j'suis la cuisinière de Madame. Et la nourrice de ce p'tit monsieur-là, qui plus est.

— Vous êtes donc une femme ?

La cuisinière regarda son roi sans comprendre. Elle ouvrit la bouche comme un poisson.

— Oui, bon, ne perdons pas de temps. Quel est votre témoignage ?

La cuisinière le fixait toujours sans répondre.

— Eh bien, soupira le Roi, nous ne sommes pas sortis de l'auberge ! Dites-moi, pensez-vous que la Duchesse, votre maîtresse, aurait dû se débarrasser de l'enfant ?

— Ça pour sûr, ç'aurait été plus simple !

— Que voulez-vous dire ?

— J'veux dire que s'occuper d'un p'tit braillard comme ça, ça vous prend toutes vos forces. Mais tout d'même, c'est trop mignon. Il adore s'endormir dans le panier de légumes, près du fourneau. Surtout dans les choux-fleurs (elle essuya une larme, attendrie).

— Mignon, ça, c'est votre opinion, dit la Reine. Souffrez que nous ne la partagions pas.

— Une fois qu'ils sont là, ces petits, dit la brave femme, on peut quand même pas leur couper la tête...

— Maintenant que vous le dites... dit la Reine d'un ton rêveur.

— Oui, très bien, dit le Roi un tantinet agacé, mais pensez-vous qu'une femme puisse disposer de son corps ?

La cuisinière le fixa de nouveau, muette, la bouche en O.

— Décidément, dit le Roi, il faudra revoir le choix des témoins, ma Chère, glissa-t-il à la Reine. (Puis, plus fort :) Qu'on fasse venir le dernier témoin !

L'huissier poussa les deux femmes vers la sortie. La Lapine Blanche consulta son rouleau de parchemin et appela :

— Alicia ! Euh, pardonnez-moi, Alice !

Alice sursauta violemment. Elle s'attendait à tout, sauf à ce qu'on l'appelle. De plus, depuis quelques minutes qu'elle suivait les débats, elle s'apercevait qu'elle recommençait à grandir.

L'Ermitesse

Lorsque Alicia en avait assez de lire, matin, midi et soir, en français, anglais et parfois en allemand, tous les classiques de la littérature, elle s'allongeait sur son lit et fermait les yeux. Ces livres étaient ses véritables amis sur cette terre, nombreux et tous différents. Le monde, sans eux, n'aurait pas eu beaucoup de réalité pour elle. Leurs intrigues, leurs personnages, leur poésie, leurs failles profondes, leurs kaléidoscopes chatoyants où pouvait s'engouffrer l'esprit étaient sa vraie patrie.

Parfois, trop enivrée de ces récits tous plus intenses, beaux et tristes les uns que les autres, elle se rendait dans l'antre de son amie Rivke Krakowski. Cette dernière habitait une petite chambre assez misérable au rez-de-chaussée de la rue du Solitaire. Rivke avait été professeure d'allemand et de polonais.

Elle avait appris la graphologie, non loin du Graben, autrefois, du temps de la Vienne triomphante, dans le « Monde d'avant » de Stefan Zweig. À présent elle était seule, rescapée d'un univers disparu. Lorsque

Alicia poussait la porte de chez elle, elle avait le sentiment de se trouver en présence d'une pierre précieuse, un morceau d'ambre de la Baltique où se seraient pris des insectes et des végétaux délicats, issus d'un univers aboli depuis longtemps. Rivke gardait en elle un monde entier cristallisé.

La vieille femme et la fillette s'asseyaient ensemble et discutaient en buvant du thé. Le grand plaisir de Rivke était d'enseigner la graphologie à Alicia. Mais il s'agissait là de sa graphologie à elle, une science personnelle, imagée et pleine de fantaisie, une discipline parallèle et peu orthodoxe. Dans les jambes et les hampes, les points et les barres, Rivke devinait les goûts et les désirs des auteurs des lettres, leurs penchants, leurs travers. C'était souvent cocasse, hilarant, même, parfois pathétique et triste.

— Regarde bien, disait la vieille femme, celle-là, elle croit que sa vertu la protégera de tout, mais elle se trompe ! Regarde ses voyelles, ses « m » et ses « n », tous serrés et sages, on dirait des petits enfants qui vont au catéchisme ! Quelle femme ennuyeuse pour son mari ! On voit, à ses hampes courtes, qu'elle n'a aucune aspiration supérieure, et à ses jambes naines, qu'elle n'aime pas l'amour physique ! Et tout ça c'est le résultat de son éducation ! Son écriture est lente, pas très intelligente. Je suis sûre qu'elle n'a jamais ouvert un livre intéressant !

— Qu'est-ce que tu crois qu'il lui est arrivé ? demandait Alicia, fascinée.

— À ton avis ? Son mari la trompe ! Elle va finir seule et amère.

— Mais c'est une vieille lettre... Regarde, l'encre est toute pâlie. Elle doit dater d'avant-guerre...

— Tu as raison, *Alicialein*, alors c'est déjà advenu. Elle est morte et enterrée, avec sa vertu et ses regrets. Paix à son âme.

Et Rivke partait d'un grand éclat de rire triste, et mettait un nouveau morceau de roulé au pavot dans l'assiette d'Alicia.

— Et celui-là, regarde, disait Rivke. Il se promène au Prater, son journal sous le bras, avec son air intelligent et sa supériorité d'intellectuel. Mais son écriture est toute petite et il n'a même pas la place d'y respirer ! C'est la graphie d'une mouche ! De l'intelligence, certes, de la rapidité d'esprit, mais aucune générosité, et que de prétention ! Et vois comme il penche vers l'arrière... un grand nostalgique, un névrosé, même !

— Et alors, et lui, qu'est-ce qu'il est devenu ?

— Il aurait fait un bon client pour la psychanalyse. Il n'a eu que des déboires avec les femmes, qu'il n'a jamais comprises, et a créé beaucoup de jalousie autour de lui. Pour finir, il s'est fait des ennemis de ses collègues à l'université et dans son journal de gauche. Finalement il aura été très seul.

— Le pauvre !

— Oui, l'intelligence de la tête, tu sais, ce n'est pas tout. C'est même souvent un frein à tout progrès intérieur. Il faut celle du cœur, sinon tu es comme un bœuf qui attend l'abattoir en commentant le journal !

— J'espère que je l'aurai, moi…

— Quoi donc, ma chérie ?

— L'intelligence du cœur.

— Mais oui, toi tu es *ein Schatz* ! Un trésor. Tu es née avec tout ce qu'il faut là-dedans !

Et en disant cela, elle tapotait le chemisier d'Alicia à l'endroit du cœur. Son petit sourire lui plissait les yeux. Alicia faisait une moue, dubitative. Il lui semblait que sa vie était tellement éloignée de ce genre de certitudes, si embrouillée, si illisible.

— Tu es sûre ?

— *Absolut sicher !*

— Et comment être une femme ? Ça semble si compliqué… Comment tu as fait, toi ?

— Moi, je me suis efforcée d'être *ein guter Mensch*. Un être humain de qualité. À mon époque terrible, c'est ce qui s'est révélé le plus important ! Les femmes sont supérieures aux hommes. Elles savent d'instinct ce qu'il faut faire pour préserver la vie et la rendre plus belle, plus digne. Être une femme, c'est d'abord être un être humain de qualité. On a de la chance, c'est plus facile pour nous. Ce qui est compliqué, c'est de composer avec la bêtise des hommes, leur infinie connerie !

— Alors tu détestes les hommes ? Tu détestes tout ce qu'ils nous font, à nous, les femmes ?

— Pas du tout, je les aime et je les plains.

Alicia n'était pas sûre de comprendre. Comment avoir envie d'être une femme alors que tant de choses leur semblaient interdites ? S'efforcer d'être *ein guter Mensch*, un être humain de qualité, c'était très bien, mais n'était-ce pas aux hommes de faire cet effort en premier, afin que le monde marche moins sur la tête ? Et les femmes étaient si bêtes, parfois ! Aucune solidarité entre elles !

Alicia finissait sa dernière bouchée de roulé au pavot. Elle sortait de sa gibecière déchirée un livre qu'elle avait apporté à Rivke – un roman qu'elle avait lu et aimé et dont elle voulait lui faire partager l'envoûtement –, ou bien le journal de la veille, ainsi qu'un paquet de bon café de la part de ses parents, posait le tout sur le coin de la table, et prenait alors congé de sa vieille amie. Elles s'embrassaient longuement en se promettant plein de choses.

Puis Alicia laissait Rivke seule dans son minuscule logement, indigne d'elle et de toutes ses extraordinaires qualités. Comment pouvait-on, après avoir si intensément vécu, être si peu distinguée par la vie ? se demandait-elle. Voilà une question angoissante qui valait qu'on se penche dessus. C'était comme si elle quittait la grotte austère d'une ermitesse, d'une pythie antique qui aurait sur le monde un regard empli de perspicacité, de cocasserie et de beauté.

Alice jugée

Alice s'avança, mais, ayant oublié qu'elle avait grandi, elle renversa plusieurs personnes du public et les jurés au grand complet. Il s'ensuivit une cacophonie et un méli-mélo de corps, de pelages et de plumes tandis qu'embarrassée elle essayait de remettre ces petites personnes d'aplomb dans leur box en bois.

Puis elle s'avança de nouveau précautionneusement et fit une révérence au couple royal.

— Bien, dit le Roi. Que savez-vous de cette affaire ?

Alice se demanda de quelle affaire il pouvait bien s'agir.

— Absolument rien, Sire, répondit-elle.

— Voilà qui est fâcheux, dit le souverain. Vous voulez dire que le sort des femmes vous indiffère ?

— Pas le moins du monde, Votre Majesté, seulement, je ne comprends pas bien ce qui est reproché, ni à qui.

— Comment ?! s'écria le Roi, vous ne savez pas ? N'avez-vous rien écouté ?

— Qu'on lui coupe la tête ! hurla la Reine.

Alice, que cette audience commençait à fatiguer et qui retrouvait un peu d'assurance au fur et à mesure que sa taille augmentait, eut un mouvement d'humeur.

— Qu'on me pardonne, mais tout ceci me semble un peu grotesque. Et ennuyeux. Qu'est-ce qu'on peut bien reprocher aux femmes ? Après tout, elles représentent plus de la moitié de l'humanité. Qu'est-ce qu'on voudrait qu'elles soient ? Des juments ? Des guenons ? Des vaches ? Puisqu'elles sont des êtres humains, laissons-les être des femmes et arrêtons de leur reprocher tout et n'importe quoi. Et cessons de les persécuter et de les punir. Et de leur demander en même temps d'être irréprochables.

Oohhh ! fit l'audience, scandalisée. Quelle indignité ! A-t-on jamais vu toupet pareil ? Il s'ensuivit un caquetage de volatiles, des grondements, aboiements, cris et hennissements. On ne s'entendait plus.

— Silence ! tonna le Roi.

Immédiatement, le silence se fit, sauf pour un écureuil qui avait le hoquet.

— Vous, là, dit le Roi en pointant son index sur Alice. Pensez-vous que votre statut de fille vous donne le droit de dire tout ce qui vous passe par la tête ? D'imaginer, de rêver, d'entreprendre ? Croyez-vous que le monde soit prêt à écouter vos sornettes ? Le monde est un endroit sérieux, gouverné par des gens sérieux, jeune fille. Chacun doit y rester à sa place. Les fillettes se doivent de jouer à la poupée et à la marelle, et les femmes se cantonner à faire des enfants. Il est heureux que nous n'ayons pas à écouter des témoins comme vous tous les jours, sinon le monde serait incapable de fonctionner. Je propose que du statut de témoin, vous passiez à celui d'accusée. Qui est pour ?

La salle entière leva la main.

— Bien, voilà qui est acté. Accusée, levez-vous.

Alice était déjà debout et n'avait, par conséquent, aucune possibilité de se lever davantage. Elle commençait à trouver cette histoire parfaitement ridicule. Elle jeta un œil du côté de la Lapine Blanche, pour le cas où elle voudrait lui apporter son aide, mais cette dernière était assise aux pieds du Roi, les moustaches tremblantes, et examinait anxieusement sa montre de poignet.

— Je suggère que l'accusée soit privée de séance de métamorphose, énonça le Roi. Qu'en disent les jurés ?

— Qu'on lui coupe la tête ! hurla la Reine.

— Non ! lança soudain Alice avec feu, le jugement d'abord et le verdict après ! C'est comme cela que ça doit se passer dans une société civilisée.

— Comment osez-vous nous traiter de société civilisée ? hurla la Reine.

Soudain Alice, que toute cette mascarade exaspérait maintenant tout à fait, regarda la souveraine de carton et lui lança :

— Qui se soucie de ce que vous pensez ? Vous n'êtes qu'une carte à jouer !

À ces mots, il lui sembla soudain qu'un tremblement de terre faisait vaciller les fondations mêmes du bâtiment. Une rumeur de panique enfla dans le tribunal et les spectateurs se mirent à se lever et à essayer de quitter la salle. Alice cria à la volée :

— Vous n'êtes, tous autant que vous êtes, que de vilaines cartes à jouer !

À cet instant, toutes les cartes s'élevèrent dans les airs, le Roi et la Reine parmi elles. Elles restèrent un moment suspendues comme un essaim de guêpes menaçantes, puis se mirent à retomber sur Alice, leurs visages furieux tendus vers elle qui mit ses mains devant ses yeux pour se protéger. L'ouragan dura plusieurs longues minutes.

Puis, soudain, Alice se réveilla. Elle était allongée dans l'herbe, sous un arbre, sa joue posée sur les genoux de sa mère. *La Ferme des animaux* était ouvert non loin de sa tête, placé à l'envers sur ses pages, à même l'herbe. Elle cligna des yeux. Pourtant elle était sûre que c'était sa génitrice qui s'était endormie la première. D'ailleurs c'est à cet instant qu'elle avait vu la Lapine Blanche passer non loin et qu'elle l'avait suivie jusque dans son terrier. Elle s'étira. Sa mère lui sourit.

— Eh bien, tu as dormi longtemps, lui dit-elle. Il est l'heure d'aller prendre ton goûter, si tu as faim.

Alice se redressa. Elle eut envie, un court instant, de lui raconter son long et étrange rêve. Elle hésita. Puis elle se ravisa. À quoi bon ?

La Cantatrice évaporée

Varvara avait des dons de comédienne remarquables. Elle avait le sens du tragique, de l'humain dans toutes ses appréhensions. Un rire qui faisait pleurer, une tristesse comique, le sens de l'inéluctabilité de notre condition, du pathétique. C'était une force qui vous emportait.

Alors qu'elles n'avaient que douze et treize ans, Varvara, en compagnie d'une élève de seconde plus âgée, entraîna Alicia dans le projet d'une représentation de *La Cantatrice chauve*. Pendant des mois, le groupe de cinq élèves répéta encore et encore la pièce délicieusement absurde. Ce fut pour Alicia une parenthèse à la fois enchantée et angoissante. Car il lui fallait absolument sortir d'elle-même et se montrer à nu.

À l'heure du déjeuner, pendant les heures de permanence, après les cours, les cinq filles s'échinaient à rendre ces scènes désopilantes et surréalistes, cet esprit explosif du dramaturge, proche du nihilisme. Elles ne mangeaient plus à la pause de midi, apprenaient leur texte dans une salle de classe désertée et fumaient des Gauloises sans filtre avec sérieux. La justesse des répliques, la description de l'absurde petit-bourgeois – chose à laquelle elles semblaient, étonnamment, être initiées – étaient en jeu. Elles se sentaient de veilles briscardes, des âmes rompues aux vicissitudes de la vie, aidées en cela par Veronica, la grande de quinze ans, dont la présence, la féminité mature, la voix posée et sensuelle leur en imposaient.

Malgré l'ivresse des répétitions, Alicia savait que le théâtre n'était pas pour elle, qu'elle n'était pas faite pour la scène. Cet art fougueux mais maîtrisé de l'exhibitionnisme lui causait surtout de l'effroi. Mais elle s'efforça de travailler bravement avec les autres jusqu'au bout, tâchant de surmonter son abominable trac, fumant cigarette sur cigarette, jusqu'à la date de la représentation. Ce jour-là, devant quelques classes et leurs professeurs, dans une sorte de transe, elle interpréta du mieux qu'elle put le rôle de Mme Martin, en face de M. Martin, tandis que Varvara et Veronica interprétaient le couple star, M. et Mme Smith. Une cinquième, Brigitte, jouait l'intempestif Pompier.

À un moment, hélas, c'était couru d'avance, Alicia se trompa de réplique et entraîna ses camarades dans la mauvaise direction. S'égarant dans un labyrinthe de phrases sans queue ni tête, elle flotta un temps indéfini entre les répliques et les silences, et perdit pied. Le monde incertain et flou qui était son quotidien reprit alors ses droits, le sol, mouvant, se déroba sous ses pieds, le doute la traversa de part en part, la honte la submergea. Décidément, et comme d'habitude, elle ne valait rien. Malgré la catastrophe, les autres filles rattrapèrent la scène sans se démonter et le succès fut au rendez-vous. Il lui sembla que tous avaient ri d'autant plus qu'elles s'étaient, à un moment, perdues. Au fond, son erreur seyait assez bien à l'esprit de la pièce. Les « Le pape dérape, le pape n'a pas de soupape ! », les « Ne soyez pas dindons, embrassez plutôt le conspirateur ! », dans le désordre, avaient mis la salle de leur côté.

— « Et la Cantatrice chauve » ? demanda le Pompier.

— « Elle se coiffe toujours de la même façon », répondit Mme Smith.

Le public éclata de rire et l'honneur fut sauvé.

Lors de ces répétitions, Alicia avait bien observé Varvara. Elle l'avait vue rire et pleurer sur commande avec une volupté désarmante, une charnalité intense, un don hypnotique. Elle paraissait la réincarnation de bien des êtres qui avaient vécu avant elle. Bien plus qu'une fille, une femme en devenir, elle était aussi un garçon et un homme. Elle connaissait toutes les sensibilités, entretenait manifestement un commerce ancien avec elles. Une vieille âme, certainement. Veronica, quant à elle, à quinze ans, donnait à croire qu'elle était déjà une femme accomplie au vécu tangible, à la voix rauque et au charisme fascinant. Les deux autres interprètes n'étaient pas terminées, il n'y avait pas grand-chose à en dire.

Alicia, elle, avait le sentiment de ne pas exister du tout. Tout comme cette cantatrice. Au fond, c'était comme si Alicia, pendant la représentation, s'était elle aussi évaporée. Ah ! Je ris de me voir si belle en ce miroir ! chantait la Marguerite du *Faust* de Gounod et, après elle, la Castafiore. Cette Cantatrice chauve, invisible, lui faisait aujourd'hui penser, quarante ans plus tard, à sa camarade de quinze ans dont le cancer du sein avait fait tomber tous les cheveux et qui arborait, à l'âge où l'on découvre les délices et les tourments de l'amour, une perruque en nylon. De nos jours, un bruit courait que cette génération de jeunes filles à qui on avait prescrit à tour de bras, dans les années soixante-dix et quatre-vingt, une contraception libératrice, payait des années plus tard cette liberté de cancers féroces et foudroyants. Une génération de femmes qui disparaissaient à leur tour, pour avoir voulu être un peu plus libres que leurs mères, des cantatrices chauves et invisibles. Alicia revoyait la salle remplie de toutes ces filles et de leurs professeures, venues les applaudir. Qu'était-il advenu d'elles ? Comment leur vie s'était-elle déroulée ? Tôt ou tard, les femmes semblaient toujours payer.

« *These, our actors, as I foretold you, were all spirits, and are melted into air, into thin air* », « Nos acteurs, comme je vous en ai prévenu, étaient tous des esprits ; ils se sont fondus en air, en air subtil », dit Prospero dans *La Tempête* de Shakespeare.

De l'autre côté du miroir

Il neigeait très fort ce jour-là et de légers baisers duveteux venaient se poser sur la grande vitre de la fenêtre du salon. Alice, qui s'ennuyait, parlait à son chat. Pelotonnée dans un fauteuil, elle tentait de rembobiner une pelote de ficelle que son chaton roux avait dévidée.

Rêveuse, elle lui expliquait à quoi ressemblait la maison du miroir, que l'on apercevait, inversée, dans la grande glace de la cheminée. C'était le même monde que le nôtre, lui disait-elle, mais à l'envers. Les titres des livres étaient inscrits en écriture miroir sur leurs dos de cuir dorés au fer, les personnages des tableaux regardaient dans l'autre sens, mais à part cela, tout semblait relativement identique.

Sans trop savoir comment, Alice se retrouva grimpée sur le dessus de cheminée. Le chaton roux était resté en bas, sur le tapis, et la regardait d'un air interrogatif. Alice se tourna vers la glace. Soudain, elle sentit que le verre se ramollissait comme de la gélatine aux reflets mercurisés. Elle tendit une main qui passa à travers. Bientôt elle sentit qu'elle glissait entièrement de l'autre côté.

La grande pièce ressemblait presque trait pour trait à celle qu'elle venait de laisser derrière elle, mais on aurait dit qu'on y faisait moins le ménage. Pas très étonnant, se dit la fillette, si c'est un monde secret et merveilleux, qui aurait envie d'y passer le plumeau ? Alice remarqua sur le sol un plateau d'échecs sur lequel les pièces semblaient aller et venir librement. Le jeu était de bois blanc et bleu. Elle se mit à quatre pattes pour mieux les observer.

Les pions étaient relativement ordonnés, attendant debout sagement qu'on ait besoin d'eux, mais les autres pièces, elles, avaient pris leurs aises. Les cavaliers galopaient tout autour du plateau en sens contraire les uns des autres, on aurait dit une sorte de *palio* ou de préparation à un tournoi. Parfois des collisions se produisaient et alors tout le monde se retrouvait les quatre fers en l'air et Alice devait attendre que tous se remettent debout, s'époussettent, se disputent, puis se réconcilient, avant de recommencer leurs courses folles. Les tours, quant à elles, se promenaient deux par deux, et Alice put entendre des conversations sur le temps qu'il faisait, les heures de travail et celles, supplémentaires, consacrées à résister à des sièges par des armées ennemies, qui n'étaient pas payées à leur juste valeur. Il était aussi question d'inconfort dû à l'humidité en provenance des douves. Les fous – en anglais on les appelle les évêques – psalmodiaient avec componction en latin, puis soudain se livraient à une pitrerie, comme une galipette ou saute-mouton.

Alice observa enfin les deux rois et les deux reines. Des conversations animées les occupaient tous les quatre. Dans l'un des couples, le blanc, c'était manifestement le Roi qui commandait. Alice entendait sa grosse voix qui donnait des ordres, certains particulièrement ridicules comme :

— Irmegarde, notre fille va sur ses douze ans, il est grand temps de la marier ! ou : Je pars demain guerroyer quelque temps, cela me changera les idées !

La Reine Blanche se tenait obéissante et soumise, sa couronne posée sur son hennin, essuyant une larme discrètement avec son mouchoir de batiste.

Dans le couple bleu, c'était la Reine qui paraissait diriger les opérations. Elle vociférait à qui mieux mieux :

— Édouard, vous n'êtes qu'un lâche et un cochon ! Vous me laissez me débrouiller seule avec l'éducation de nos enfants pendant que vous batifolez à droite et à gauche, et vous refusez que je travaille ! Je veux pouvoir être indépendante et ne pas devoir compter sur votre ridicule argent ! Je veux une chambre à moi pour pouvoir penser ! (Cette Reine Bleue avait pour prénom Virginia.)

Le Roi Bleu, agacé et bougon, grognait qu'on le laisse tranquille dans sa garçonnière avec sa collection de timbres.

Eh bien, se dit Alice, déçue, ça ne va pas mieux de ce côté-ci que de l'autre, on dirait. Les hommes et les femmes, même rois et reines, se disputaient toujours, incapables de s'entendre et de partager des plaisirs communs. Tournant la tête, elle avisa un livre posé sur le tapis et le prit. C'était un recueil de poèmes, mais écrit à l'envers. Elle se leva et le tint ouvert à une page devant la glace. Voici ce qu'elle y lut :

Le Sabreloqueux

Il faisait mubreux et les sinuants ortails
Tourmaient et souplaient dans les magues :
Toutes mollettes étaient les mangrovailles
Et les mites-rages purgeaient leurs tombagues.

Méfie-toi du Sabreloqueux, mon fils !
Ses mâchoires acérées, ses griffes qui attrapent !
Méfie-toi de l'oiseau mâle, et fuis
Le frumieux satrape !

Sois le juste qui toutaime
Et respecte les gynéco-êtres
À bon escient use de ton sabrème
Marche avec la demi-planète.

Et sur le chemin lumineuf
Accueille tes pensées-utérines
Paix et pouvoir de l'œuf,
Le Sabreloqueux chemine.

Alice au pays des femmes

C'est joli, se dit Alice, mais c'est assez obscur. Ce poème me remplit la tête d'idées mais je ne sais pas exactement lesquelles. Il semble clair, en tous les cas, que quelqu'un ou quelque chose doive changer…

Virgil

Lorsque Virgil emmena Alicia jusqu'à la pelouse de Feuillis pour lui faire visiter le cirque Ioannina, elle comprit tout ce qui pouvait les réunir et, dans le même temps, les séparer.

Le chapiteau bleu étoilé apparut un peu à l'écart, modeste en comparaison de ceux des plus grands cirques, Pinder ou Zavatta. Seules trois roulottes étaient garées non loin. De grandes lettres d'or, cursives et gracieuses, qui épelaient le nom du cirque, ornaient l'entrée. Virgil contourna le chapiteau et la fit entrer par l'arrière, côté coulisses. Il souleva un fin rideau violet afin qu'elle se glisse à sa suite en-dessous, puis ils enjambèrent un grand cadre vide, comme orphelin de son miroir. Alicia eut l'impression de passer derrière une glace sans tain. Ils longèrent ensuite une sorte de couloir sombre et velouté, aux effluves frais et un peu moisis de sous-bois, où s'entassait un bric-à-brac de cerceaux, de costumes et d'instruments de musique. Puis ils débouchèrent dans une pièce où se trouvaient plusieurs vastes cages tarabiscotées remplies d'oiseaux. Alicia, émerveillée, s'approcha de la plus grande et contempla les perruches multicolores qui pépiaient et s'ébrouaient entre elles à l'intérieur.

Virgil poussa finalement une porte et lui présenta les quelques personnes qui se trouvaient là. Sa sœur, Wanda, une écuyère gracieuse et filiforme, était assise en costume sur un tabouret, et mettait la dernière touche à son maquillage devant une glace. Son oncle, un clown triste, penché en avant, laçait ses bottines. Sa mère, Salomé, et son frère aîné, Siméon, tous deux magiciens, discutaient à voix basse d'un numéro. Tous, concentrés, se préparaient manifestement à entrer en scène. Ils semblèrent à peine faire attention à Alicia. Un très grand mage à la robe vert foncé couvert de paillettes sombres, et au chapeau pointu cramoisi, entra dans la pièce, passa devant elle sans sourciller, marmonnant des paroles incompréhensibles, et ressortit par une autre porte.

Au bout de quelques minutes, tous quittèrent la pièce. Wanda se dirigea vers une petite stalle, installée derrière un paravent chinois, où l'attendait tranquillement un cheval pie, se hissa debout sur son dos et, les yeux fermés, se prépara à entrer sur la piste. Comme c'est étrange, se dit Alicia, rien n'est ordinaire ici, et personne ne s'occupe de moi. Elle se serait presque attendue à trouver la Chenille, au détour d'un rideau, assise sur son grand champignon, qui fumait nonchalamment sa pipe à eau.

Ou le Chapelier et le Lièvre ricanant, dans un coin, devant une antique théière.

Virgil lui fit visiter un petit espace où il avait pour habitude de s'entraîner et de se reposer. Il y avait là des cordes tendues, des tapis, des agrès, une vieille bergère tapissée. Au mur des photos en noir et blanc de paysages, de visages. Elle lui demanda de quoi il s'agissait. C'est là-bas, dit-il d'un mouvement vague du menton, sans préciser davantage. Puis il lui fit signe de venir s'asseoir sur ses genoux. Elle hésita. Mais le regard du garçon était si beau, si grave, qu'elle céda.

Elle sentit sous ses cuisses les cuisses dures et musculeuses du garçon. Elle se tourna légèrement pour pouvoir passer un bras autour de ses épaules. Il lui fit un sourire léger, celui du solitaire un peu intimidé par la fille dans ses bras, mais qui maîtrise néanmoins la situation. Puis il enroula sa main autour de la hanche d'Alicia. Un délicieux frisson lui parcourut le dos. Ils restèrent ainsi un moment, à bavarder. Puis elle laissa glisser sa tête sur son épaule.

— Il y aura une répétition sous le chapiteau dans quelques minutes, dit Virgil. Tu vas pouvoir découvrir le numéro de Wanda et, ensuite, le tour de magie de Siméon.

— Et le tien ? – elle entendait sa voix à lui résonner dans son corps contre son oreille.

— Je te le montrerai un autre jour. Je me suis blessé légèrement avant-hier. Il faut que j'attende un peu.

Devant son air inquisiteur, il ajouta :

— C'est rien, ma cheville.

— Dis-moi, lui dit-elle, c'est où, là-bas, l'endroit où est né ton peuple ?

— C'était à Ioannina.

— Où est-ce ?

— C'est en Grèce. Ma communauté vient de là. C'est une très vieille histoire.

— Raconte.

Il se tut un moment. Elle sentit qu'il était fatigué de raconter cette histoire triste et qu'il souffrait parce que c'était justement la sienne, qu'il n'en avait pas d'autre. Qu'il aurait aimé s'en délivrer et que ce n'était pas possible. Puis il commença de raconter.

— Mes ancêtres, tout au commencement, après l'exil à Babylone, sont partis. Ils se sont installés en Grèce au moment de la destruction du second Temple. Ils ont gardé leur foi, leurs traditions, mais se sont assimilés aux populations de culture hellénistique. Ce sont eux qui ont traduit pour la première fois notre Bible en grec. Ce fut un grand événement. Mais peu à peu, au cours des siècles, notre langue, le yévanique, a été perdue et remplacée par celle des Sépharades, le ladino, qui venaient d'Espagne d'où ils avaient été expulsés. Pendant un temps, on a été ottomans. En 1944, la plupart des gens de Ioannina, nous les Romaniotes, mais aussi les Sépharades, les Ashkénazes, ont été déportés par les nazis et assassinés. Il n'y a que les turcophones qui ont pu s'en sortir un peu mieux. Ma famille a quasiment disparu. J'ai deux cousins à New York, c'est tout. Et il y a nous.

Alicia l'avait écouté, sa tête toujours sur son épaule. Elle se redressa, troublée.

— Tu connais Albert Cohen ? ajouta-t-il.

— Oui, un peu.

— C'était un Romaniote de Salonique.

— Pourquoi « Romaniote » ?

— À cause du nom de l'Empire romain d'Orient, je crois.

— Pourquoi est-ce que cette histoire est si importante ? C'est très ancien.

— C'est comme ça.

Il la regarda et repoussa une mèche de ses cheveux qui lui tombait dans les yeux.

— Viens, lui dit-il, ça commence.

Une musique triste et lancinante, venue des coulisses se répandit autour d'eux, comme un brouillard épais. Il lui prit la main et l'emmena dans les gradins. La lumière faisait des constellations mouvantes sur le sable de la piste et les tentures, certaines familières – elle reconnut la Grande Ourse, le Cygne et le Baudrier d'Orion –, d'autres inconnues. Voilà des gens qui vivent parmi les étoiles, peu importe qu'elles existent ou non, se dit Alicia.

Wanda apparut soudain, dressée sur son cheval blanc tacheté. L'animal avait des yeux clairs, on aurait presque dit qu'il était aveugle. La poursuite tombait sur lui en pluie, le reste de la piste disparaissait dans l'obscurité. Virgil passa son bras autour d'Alicia, elle l'entendit soupirer et se serra contre lui. Son grand corps était chaud et elle sentit son cœur de garçon battre. Le cheval se mit à marcher lentement autour de la piste, d'un pas élégant, la fille debout sur la selle, puis il commença de galoper doucement, sans heurts, comme s'il glissait sur le sable. Son allure était fluide, sa crinière blanche flottait derrière lui comme un étendard. Wanda écarta alors les bras et pencha la tête en arrière. Elle portait une robe translucide et givrée, ses larges manches lui faisaient comme des ailes. Elle semblait voler au-dessus de l'animal, ses longs cheveux clairs baignés d'un éclat lunaire. Elle fit ainsi plusieurs tours de piste, en silence, puis soudain un cri retentit. Surprise, Alicia sursauta. Le noir se fit. Lorsque une seconde après le spot revint sur le cheval, Wanda avait disparu et une cage l'avait remplacée sur le dos de l'animal, qui continuait de galoper souplement et sans bruit. Une cage dorée dans laquelle se tenait une tourterelle à côté d'un vieux livre relié de cuir brun. Alicia se tourna vers Virgil qui mit un doigt sur ses lèvres. Le cheval, comme s'il avait compté ses tours, s'arrêta au bord de la piste et vint se placer au centre. Tendant une jambe devant lui, il s'inclina et secoua sa crinière pleine d'étoiles. La musique se tut.

Puis Wanda entra à nouveau en scène, s'approcha de la cage, l'ouvrit et prit l'épais livre qu'elle ouvrit au hasard. À ce moment-là, un rayon de lumière s'en échappa et monta dans les cintres. Elle tendit le bras et l'oiseau vint se poser sur son doigt. Elle le libéra sous le chapiteau, avant de saluer à son tour. La tourterelle alla se percher très haut sur un trapèze, dans la direction où la lumière s'était enfuie. La fille, son cheval et le livre retournèrent ensuite en coulisses. Le noir se fit.

Alicia, à la fois touchée par la beauté et la poésie du numéro et ébranlée par quelque chose d'informulé, pensa : ils ont raconté une histoire de disparition. Mais aussi de livre qui éclaire. On dirait la tourterelle de l'Arche de Noé.

Des années plus tard, alors qu'elle assisterait à un concert au Klementinum de Prague, où Mozart, en son temps, avait joué, Alicia éprouverait la même sensation devant les miroirs baroques qui ornaient la salle, de chaque côté de la scène, telles des fenêtres sur le temps. L'impression que ces miroirs savaient quelque chose de la disparition des hommes et de leurs entreprises, et que leur cristal vieilli, au mercure piqueté de salissures, retenait prisonnières des bribes des âmes qu'ils avaient réfléchies. Elle n'aurait pas été étonnée d'y apercevoir, parmi leurs flétrissures, des visages autrefois connus, un vieux livre relié de cuir, une colombe. Ou une fillette en robe à fleurs.

Le Cimetière des fleurs

Alice sortit de la maison du miroir et s'avança dans ce qui ressemblait à un jardin planté de fleurs. C'est exactement ce que j'avais envie de faire, se dit-elle, oublier ce bizarre poème et visiter un beau jardin. Elle regretta de n'avoir pas emporté un carnet et son stylo bille quatre couleurs pour dessiner.

Elle aperçut un parterre de marguerites et, en son milieu, un grand Lys tigré qui se balançait élégamment dans la brise. Elle se dit qu'il était bien dommage que les fleurs ne parlent pas, car elle était tout à fait disposée à faire un brin de conversation avec quelqu'un, une discussion agréable et civilisée.

— Ô, cher beau Lys tigré, si seulement tu pouvais parler, soupira-t-elle à voix haute.

— Mais c'est tout à fait envisageable, répondit le Lys. Nous pouvons toutes parler ici, pourvu qu'il y ait quelqu'un d'intéressant avec qui converser.

Alice sursauta légèrement. Elle observa le Lys qui la fixait de ses petits yeux pourpres. Elle rassembla son courage et se lança.

— Vous m'avez surprise, dit-elle, d'un ton de reproche. Je ne m'attendais pas à ce que...

— Encore un de ces habituels préjugés, dit le Lys.

Alice vit qu'il agitait, agacé, ses pistils orangés et poudreux.

— C'est seulement, ajouta une Rose Thé épanouie qui se trouvait non loin, que ce n'est pas à nous de commencer.

— Exactement. C'est une question d'éducation, ajoutèrent quelques Marguerites.

Elles se mirent à rire toutes ensemble. Alice, heureuse de la tournure des événements, s'enhardit :

— Alors j'ai bien fait de parler la première, dit la fillette. J'espère ne pas vous avoir vexées. Je suis ravie de faire votre connaissance, croyez-le.

— Tout le plaisir est pour nous, fit une Tulipe mauve. Même si vous n'êtes pas tout à fait identifiable comme Fleur, vous nous changez de l'ordinaire.

— C'est que je ne suis pas une fleur... commença Alice.

— N'allez pas croire pour autant que ce lieu est une vallée de roses, l'interrompit le Lys avec aigreur.

— Pour ça, non ! ajouta la Rose. Il y a beaucoup de souffrance, ici.

— Hélas, soupirèrent les Marguerites, c'est un vrai jardin d'épines.

Alice, embarrassée, ne sut quoi répondre. Elle finit par murmurer :

— Je me croyais dans un simple jardin...

— Un jardin de fleurs n'est jamais simple, vous devriez savoir cela, aboya le Lys, d'une voix rauque.

— Ce serait stupide de le prétendre, ajouta une grande Jonquille scandalisée, dressée sur sa tige.

Il y eut un silence gêné. J'ai bien peur de les avoir blessées, se dit Alice. Comment pouvais-je imaginer qu'un jardin puisse être un lieu douloureux ? Et comment remédier à cette situation ? Et si je leur demandais de me raconter leur histoire ? Après tout, je n'ai rien de plus intéressant à faire. Puisque de ce côté-ci du miroir les fleurs parlent, autant en profiter pour apprendre des choses nouvelles, peut-être même encyclopédiques.

Alice toussota.

— Puis-je me permettre de vous demander ce qui vous est arrivé ? s'enquit-elle très poliment.

— Puisque c'est demandé avec délicatesse, dit la Rose.

— Mais saura-t-elle seulement écouter ? hasarda un grand Lilas parme avec un frisson de ses belles grappes.

— Donnons-lui sa chance, proposa la Tulipe.

— Très bien, fit le Lys, avec sévérité. Mais il en va de votre responsabilité.

— N'exagérons rien, protestèrent les Marguerites, cette étrange fleur nous paraît tout à fait digne de confiance.

Alice, sentant que le moment des confidences était venu, prit l'initiative de s'asseoir dans l'herbe parmi les fleurs. Elle ramena sa robe sous ses jambes, rajusta une bretelle de son petit soutien-gorge et se cala contre une taupinière. J'espère que sa propriétaire ne va pas se manifester de façon intempestive, se dit-elle. Quelques fleurs penchèrent alors doucement leurs têtes dans sa direction.

— C'est une longue histoire, commença la Rose Thé, qui embaumait.

— Vous imaginez peut-être que chacune d'entre nous est née ici, dans ce jardin, mise au monde par quelque jardinier, ajouta la Tulipe.

— Or il n'en est rien, dit une Marguerite. Nous sommes chacune des rescapées.

— Auparavant nous avons été des femmes, précisa le Lys.

— Oui, et si les femmes parlaient, le monde se briserait en deux, ajouta sombrement le Lilas.

Il y eut un silence. Un papillon voleta et vint se poser sur une branche du Lilas. Alice sentit son ventre se nouer.

— Moi, dit doucement la Jonquille, j'ai été frappée pendant des années par un homme. C'est après ma mort que je suis arrivée ici.

— Moi, j'ai été harcelée par celui qui dirigeait l'usine où je travaillais. J'ai dû partir. Je me suis retrouvée seule et sans emploi avec mes enfants. J'ai fini par me suicider.

— Moi, ajouta la Rose, j'ai été kidnappée en Afrique dans mon pensionnat de filles. J'ai été violée de nombreuses fois.

— C'est comme moi, dit la Tulipe. J'ai été une esclave sexuelle dans un pays d'Orient.

— Moi, j'ai été violée par mon oncle, puis reniée par ma famille. Ma mère n'a rien pu faire. Après mon exécution, j'ai été amenée ici, afin de vivre des jours meilleurs.

— Moi, chuchota timidement le Lilas, j'ai connu l'inceste.

— Et moi, dit le Lys, j'ai connu la prostitution. Vous voyez, ce n'est pas ici un simple jardin. Nous sommes toutes des âmes mortes. Il nous a été donné de renaître ici.

Alice ne sut pas quoi dire. Elle était horrifiée.

— Mais soyez rassurée, intervinrent les Marguerites, nous sommes heureuses, ici, dans notre nouvelle vie. Nous sommes des âmes résilientes.

— C'est très vrai, renchérit la Tulipe, vous ne trouverez pas plus gaies que nous !

— Oui ! s'écrièrent les Marguerites, nous adorons jouer à des jeux !

— Particulièrement les devinettes ! dit la Jonquille.

— Nous adorons faire des imitations !

— Surtout de la maire de notre ville ! Lorsqu'elle vient ici faire des discours pour la télévision et menacer de tuer tous les automobilistes !

— Et nous raffolons des déguisements !

— Sans parler des pièces de théâtre que nous écrivons et mettons en scène chaque année !

Alice sentit un vertige l'envahir. Jusqu'à ce jour, elle ignorait absolument qu'être une femme pouvait s'apparenter à autant de tragédies. Moi qui me croyais un simple être humain comme un autre, pensa-t-elle. Elle regarda autour d'elle ces fleurs, toutes plus belles les unes que les autres, qui s'agitaient et s'ébrouaient en riant. Ce n'est pas un jardin, ici, se dit-elle avec effroi, c'est un cimetière. Après toutes ces terribles confidences, elle ne savait trop quoi leur répondre.

— Je compatis à vos malheurs et vous remercie de m'avoir confié vos histoires, se lança-t-elle bravement.

Elle se mit ensuite debout et entreprit d'épousseter sa robe tachée de vert.

— C'est nous qui vous remercions de nous avoir écoutées, dit la Rose.

— À présent que vous connaissez ce lieu, soyez sur vos gardes, ajouta le Lys, en la regardant avec raideur.

— Tâchez de ne pas vous retrouver ici, conseilla tendrement le Lilas.

— Vous êtes prévenue, chuchota une petite Pensée, cachée sous les feuilles d'une bordure d'Asters.

— Bonne chance ! lança la Rose. Ayez une belle vie !

— Pensez parfois à nous ! dit la Tulipe.

— Pas trop souvent cependant, modéra le Lys.

Alice leur fit un signe de la main.

— Au revoir, mesdames, je ne vous oublierai pas.

— Au revoir, jeune Fleur, crièrent toutes les fleurs d'une seule voix.

Alice au pays des femmes

Alice se dirigea à pas lourds vers la sortie du jardin. Sa tête lui faisait mal, elle éprouvait des difficultés à respirer, à réfléchir. Je ne savais pas, songea-t-elle, qu'on pouvait, une fois morte, renaître en rose ou en tulipe. C'est curieux, si l'on mélange les lettres du mot fleur, on obtient presque le mot « fêlure ».

Mais c'est absurde, ça ne veut absolument rien dire.

L'Ennemi de la famille

Alicia le connaissait depuis avant le déluge. De cette période floue et bienheureuse où les vacances ont l'haleine salée de la mer et le parfum entêtant de l'herbe sous le soleil. Il était le meilleur ami de ses parents. Elle ne se souvenait pas avoir passé des vacances ou des Noëls sans lui. Lucien et sa femme Perla avaient une fille, Chouchane, un peu plus jeune qu'Alicia, et deux fils, Arev et Alexandre, plus petits. La famille Minassian était comme une famille dans la sienne, une extension naturelle, un bras supplémentaire qui venait les entourer.

Lucien avait une personnalité solaire et chaleureuse. Il émanait de lui une vibration aimante et heureuse, séduisante. De l'effacement tragique de sa famille arménienne, autrefois, il n'était jamais question. Seuls comptaient le présent, le bel aujourd'hui, les fruits à cueillir à chaque nouveau jour. Instruit par son père dans le métier de tailleur, il avait su évoluer et s'inventer une vie plus ambitieuse, plus brillante à ses yeux, une vie palpitante qui flattait sa conception de la réussite. Il fréquentait du monde, il rayonnait. Devenu, à la force de sa seule et entreprenante volonté, un temps costumier pour le cinéma, puis photographe, avant de créer sa propre petite entreprise de disques, LM Music, dans laquelle il lançait de jeunes chanteurs – avant qu'une affaire non élucidée le rattrape, mais de cela il ne fut jamais question et Perla resta muette –, il évoluait dans des sphères un peu mystérieuses, scintillantes, ambiguës.

D'aucuns, s'ils avaient été attentifs, auraient pu suggérer qu'il n'était resté, au fond, qu'un petit commerçant doué, un marchand de jolies promesses, un mythomane charmant. Un prestidigitateur capable de vendre n'importe quel rêve et de promettre à ses proches la lune.

Souvent Perla et lui se disputaient. Ou plutôt c'était Perla qui lui adressait de violents reproches. À quel sujet, on ne le savait pas. On subodorait quelque chose de l'ordre d'une tromperie, mais on fermait les yeux, il était si enjôleur et sa compagnie si agréable, si valorisante. Elle saupoudrait sur les existences de chacun une épice bienfaisante, des paillettes, un supplément de vie. Pour Alicia, Lucien était un second père, tellement plus amusant que le sien, pourtant si cultivé, si savant, mais si réservé et illisible. Il ne manquait jamais de la complimenter sur sa jeune beauté, ses tenues, là où son vrai géniteur ne semblait jamais rien remarquer et ne disait rien.

En cet automne-là, l'histoire d'Alicia avec Virgil continuait de vagabonder sur des chemins paresseux, hésitant dans le flou et la brume. Le jeune homme était un funambule léger, troublant, fuyant comme un poisson d'argent, mal armé, semblait-il, pour l'amour. Il vivait sous le chapiteau d'une mémoire poisseuse, ce temple de la répétition qui rejouait encore et encore les mêmes beaux et tristes numéros, hanté par l'absence et l'anéantissement, et dont il ne parvenait pas à s'échapper.

Alicia avait quinze ans. Elle était terriblement seule, déçue de sa propre inexistence. Elle se sentait in-construite, invisible. Personne ne faisait jamais attention à elle. Personne ne se demandait qui elle était, qui elle pourrait être. Ses nuits étaient traversées d'ennui et d'angoisses vagues. Pourtant, elle tentait désespérément d'y voir clair en elle-même. Elle se demandait si elle allait accepter l'invitation de Virgil à retourner le voir avec les siens sous leur chapiteau tragique. Elle ne savait pas si elle avait encore envie de perdre son temps avec lui.

Un jour, elle reçut une invitation à passer la Toussaint avec Chouchane et les siens dans une maison, du côté de Nantes. C'était une proposition parmi d'autres, sans grand intérêt. Tout l'ennuyait. Souvent, en proie à ses états d'âme, elle aurait voulu disparaître.

Elle accepta, toutefois, sans y accorder d'importance.

Quelques jours plus tard, elle posa le pied dans une maison sombre et rustique, sans beaucoup de confort, avec Lucien, Chouchane et une amie à elle. Perla était restée à Paris et les petits, Arev et Alexandre, étaient partis chez un camarade. Alicia ne sut pas si Perla et Lucien s'étaient une fois de plus disputés et si c'était là la raison de son absence. La configuration du groupe n'était pas celle à laquelle elle s'attendait. Elle se sentit flouée. Chouchane passait le plus clair de son temps avec sa camarade – les deux gamines de treize ans se trouvaient ensemble dans un collège, tandis qu'Alicia était déjà en première. Les occupations étaient inexistantes. Les journées grises d'octobre, ramassées sur elles-mêmes, ternes, raccourcissaient à vue d'œil. Alicia se morfondait. Elle passait du temps seule, à lire, et s'occupait des repas avec Lucien. Elle se remit bientôt à rêver de Virgil. C'étaient des rêvasseries agréables et tristes.

Un soir, après la fin du dîner, alors que les deux plus petites s'étaient déjà retirées dans leur chambre, Alicia se retrouva seule avec Lucien. L'horloge de la cuisine égrenait ses heures maussades qui n'en finissaient pas. Il était encore tôt et l'idée d'aller se coucher lui faisait horreur. Le vieil ami de la famille et la jeune fille discutèrent longtemps à voix basse, pour ne pas réveiller les plus jeunes. Le temps s'étirait. Prise d'une subite inspiration, Alicia vint s'asseoir sur les genoux de ce presque père, pour continuer la conversation. Elle avait besoin d'affection, d'un regard. De consolation.

Lorsque Lucien l'empoigna, la fit basculer et força soudain sa bouche sur la sienne, il était déjà trop tard. En quelques secondes à peine, elle comprit tout. Qu'il ne la considérait plus, depuis plusieurs années déjà, comme la fillette qu'il avait toujours connue et aimée. Qu'il la regardait, depuis un certain temps, autrement, qu'il la désirait. Ses confessions rauques et chuchotées la flattèrent. Mais elles l'épouvantèrent aussi. Les minutes se figeaient, un silence assourdissant se faisait en elle. Puis les mains de l'homme se mirent à courir partout sur son corps. Véloces, habiles, audacieuses, elles étaient déjà chez elles.

Elle se sentit prise au piège. L'homme n'avait, en réalité, aucun égard pour elle, pour sa jeune sensibilité. Pour l'enfance encore en elle. Pour sa solitude perdue. Celui qui la connaissait depuis qu'elle était une fillette avait l'intention de se servir d'elle pour assouvir ses désirs. Elle n'était qu'un corps, des seins, une bouche, un sexe. Il n'était qu'un homme parmi des milliers d'autres hommes qui profitait d'une belle occasion.

Dans un vertige elle entrevit le pouvoir qu'elle pourrait désormais avoir sur l'autre sexe, mais découvrit aussi qu'on pourrait abuser d'elle. Être une femme allait désormais s'apparenter à cela, cheminer entre ces deux pôles, parmi ces écueils. Il allait falloir séduire, accepter de profiter de ce privilège affolant, mais s'efforcer pourtant de tenir le cap, de garder le contrôle des croque-mitaines, d'éviter de se faire dévorer.

Cette nuit-là, en se couchant enfin dans son petit lit inconfortable, elle eut le sentiment que le miroir dans lequel se reflétait sa vie s'était irrémédiablement brisé.

Les Papillons du miroir

Alice se retrouva, sans savoir trop comment, sur un échiquier géant aux cases bleues et blanches. Elle avait la migraine. Elle s'aperçut qu'une infinie variété de papillons y avait établi ses quartiers. Elle en reconnut quelques-uns d'une encyclopédie qu'elle aimait feuilleter chez ses parents : le Paon du jour, le Vulcain, le Citron. Elle aimait particulièrement ces noms extravagants. Voulant traverser l'échiquier et poursuivre son chemin sans les déranger, elle se demanda à qui s'adresser. Ce grand Vulcain a l'air de quelqu'un d'important, peut-être pourrais-je le lui demander, se dit-elle.

Elle s'approcha timidement du *Vanessa atalanta* qui était occupé à faire des exercices avec sa trompe. Il l'enroulait et la déroulait de façon répétitive, comme s'il faisait des mouvements de musculation.

— Pardonnez-moi de vous importuner pendant votre gymnastique, monsieur le Vulcain, mais pourriez-vous me dire par où je dois passer pour retrouver la maison d'avant le miroir ?

Le papillon se tourna vers elle et la dévisagea.

— Vous n'êtes pas d'ici, manifestement, répondit-il avec dédain.

— En effet, enfin... Je viens de l'autre côté, bafouilla Alice.

— Tout cela n'est pas très clair, lâcha le coléoptère.

— Je sais, et je m'en excuse, c'est que...

— Comment vous appelez-vous ?

— En réalité je ne m'appelle pas souvent moi-même, j'attends que les autres le fassent...

— En règle générale, il vaut mieux s'appeler, c'est plus sûr. On n'est jamais mieux servi que par soi-même, n'est-ce pas ? Cela évite d'oublier son nom.

— Mais je n'oublie jamais mon nom ! s'écria Alice, indignée. Mon nom est...

Sur ce, Alice s'aperçut avec horreur qu'elle n'en avait plus la moindre idée.

— Je vous écoute, fit le Vulcain, en tapotant impatiemment une case bleue d'une de ses pattes filiformes.

Alice avait beau se creuser la cervelle, pas moyen de se rappeler son prénom. Une bouffée d'angoisse la submergea. Le Vulcain lissa sa trompe, songeur. Il la regarda avec une certaine aménité.

— Vous est-il arrivé quelque chose, ma fille ? Un choc ? Vous êtes-vous fait renverser par un autobus ? Attaquer par un loup ?

— C'est-à-dire... commença Alice.

Elle se souvint de toutes les choses horribles que les fleurs lui avaient racontées. Toutes ces terribles mésaventures qui arrivaient parfois aux filles et aux femmes.

— Oui… ? l'encouragea le papillon.

— Des fleurs m'ont raconté des histoires très tristes, marmonna Alice dans sa barbe.

— Parlez plus fort, ma Chère, je ne vous entends pas. Et cessez de tournicoter votre mèche de cheveux.

— Les fleurs m'ont confié des histoires horribles, cria presque Alice, soudain en larmes.

— Si ce n'est que cela, intervint le Citron, nous pouvons vous en raconter des tristes, nous aussi.

— Chut, Citron ! Voyons ! gronda le Vulcain. Voyez vous-même, la demoiselle est complètement secouée, elle ne se rappelle même plus son prénom.

— Un cas classique après un traumatisme, dit un curieux insecte qu'Alice n'avait jamais vu.

On aurait dit un modeste papillon de nuit, trapu, mais avec de petites ailes orangées à mi-corps. Elle eut un mouvement de recul.

— N'ayez crainte, dit le Vulcain, voici notre ami le Moro-Sphynx. Il ne ferait pas de mal à un humain.

— Si vous saviez comme on nous chasse et on nous attrape, poursuivit le Citron. On nous étourdit, on nous tue, puis on nous épingle dans des boîtes en verre !

— C'est bien simple, ajouta l'Aurore, avec un visage tordu par la peur, notre beauté fait de nous des proies.

Alice observa ce joli papillon aux ailes blanc crème et orange. On dirait qu'il les a trempées dans de la confiture d'abricot, pensa-t-elle, un instant distraite par sa beauté.

Une Petite Tortue atterrit près d'eux, attiré par la conversation. On aurait cru un corsage de dame, noir, feu, avec un collier de saphirs sur le bord des ailes. Alice le regarda, fascinée.

— Qu'entends-je ? On parle de chasseurs et de proies ?

— Rien de nouveau sous le soleil, mon cher, dit le Morio, ailes de velours noir brodées de lilas et bordées de blanc.

Et lui les a trempées dans la crème anglaise, pensa Alice, amusée. Sans doute son ventre affamé lui suggérait-il ces images pâtissières.

— Faites excuses, protesta la Petite Tortue, j'ai une cousine, dont la tante et la sœur ont été victimes de…

— Que voulez-vous, soupira l'Argus bleu, bordé d'argent, la beauté nous vaut toutes les offenses !

— Je vous trouve bien pessimistes, camarades, protesta le Paon du Jour qui n'avait encore rien dit.

— Oh, vous, lança l'Apollon, vous ne supportez pas le principe de réalité ! Vous préférez vous cacher dans vos fleurs et oublier la laideur du monde !

— Je ne vous permets pas ! rétorqua le Paon du Jour, Je suis très attentif à tout ce qui se passe et je…

Sur ce arriva un Grand Porte-Queue, majestueux, qui se posa parmi l'assemblée. Tous s'écartèrent avec respect. On dirait le bel éventail de ma grand-tante, se dit Alice, fascinée par les rayures blanches, noires, bleues et l'œil brun-bleu.

— Les choses sont ainsi, se mit à pérorer le coléoptère, voyez-vous, le désir esthétique des hommes cache, en réalité, des pulsions irrépressibles et destructrices, et c'est bien pour cela que…

Mais déjà Alice ne l'écoutait plus. C'est bizarre, songea-t-elle, ces papillons ne m'ont pas du tout consolée par leurs paroles. À croire qu'ils ont tout autant de problèmes que les fleurs. Mais leur beauté m'a fait beaucoup de bien.

À cet instant, elle aperçut, à l'écart, un petit papillon posé sur une tige, dont le dessous des ailes était jaune avec des ocelles blancs cerclés de brun. Quittant le groupe bavard et cacophonique, elle s'approcha de lui et le considéra, en silence, quelques instants.

— Bonjour, jeune personne, fit l'Hespérie. Puis-je vous aider ?

Alice, qui s'était absentée dans une rêverie, sursauta.

— Oh ! Pardonnez-moi, j'ai été surprise. Je m'appelle Alice.

Elle s'aperçut qu'elle venait de retrouver son prénom.

— Ravie de faire votre connaissance, Alice. On m'appelle le Miroir.

— Le Miroir ? Comme c'est extraordinaire !

— N'est-ce pas ?

— Justement, je cherchais mon chemin pour retourner dans la maison d'avant le... miroir...

Le papillon sembla réfléchir un peu et se gratta délicatement une aile de sa longue trompe. Pas étonnant que ce papillon porte ce nom, se dit Alice, tant ses ailes ressemblent à un beau et vieux miroir au tain rongé par le temps et piqué de taches.

— En vérité, annonça finalement le Miroir, si vous voulez retrouver votre maison, il vous faudra passer par...

À ce moment précis une bourrasque de vent se précipita sur les deux compagnons et emporta brutalement le frêle papillon dans un tourbillon de feuilles et de pétales. Le Miroir cria à Alice depuis les hauteurs :

— Suivez l'échiquier ! Vous arriverez bien quelque part !

Et il disparut.

Mince, se dit Alice qui s'était prestement accrochée à un arbuste rabougri pour ne pas être emportée à son tour, je pensais bien, pourtant, que ce papillon-là, au nom si providentiel, m'aiderait à retrouver mon chemin...

— Vous y étiez presque, quel dommage, susurra quelqu'un au-dessus de sa tête.

Alice n'eut que le temps de lever les yeux pour apercevoir le sourire de la Chatte-du-Loir-et-Cher briller un instant dans les branches d'un aulne, puis s'évanouir comme une pincée d'étoiles à l'aube.

Esquiver l'ombre

Il pleut sur Nantes, donne-moi la main…

Alicia n'arrivait plus à écouter cette chanson de Barbara qu'elle aimait pourtant beaucoup. Avant.

Lucien Minassian l'attendait dorénavant devant le lycée Balzac plusieurs fois par semaine. Lorsque, après les cours, elle sortait par les grandes portes vitrées de l'établissement, Alicia apercevait sa grosse Audi bleu marine arrêtée non loin. Dès qu'il la voyait, l'homme surgissait de sa voiture et lui faisait un signe enthousiaste, sa crinière argentée détonnant dans le paysage de jeunes visages attroupés devant le bâtiment. Alicia le regardait de loin, quelque chose en elle tombait dans un puits sans fond, elle avait parfois la nausée.

Ensuite ils passaient une heure à L'Abyssinie. C'était l'année du bac français et Alicia aurait eu besoin de pouvoir se concentrer sur ses cours et son programme. Mais Minassian parvenait toujours à l'attirer dans son univers de désir et de rendez-vous secrets. Il lui parlait de leur « histoire d'amour », lui jurait qu'il n'avait jamais trompé Perla, que c'était la première fois. Qu'il en était bouleversé. Il arrivait à la jeune fille de se sentir flattée, ou rassurée. Être désirée par un homme avait quelque chose de vertigineux. Mais, malgré tout, malgré son immaturité, elle percevait toute la fausseté du récit que lui servait le producteur. Et elle avait un mal fou à esquiver ses mains avides et insidieuses

Un jour, ce devait être un peu avant Noël, il lui fit part de son désir grandissant pour elle. Il avait réfléchi, il allait louer une chambre dans le quartier afin qu'ils puissent s'y retrouver souvent. Alicia se dit ce jour-là que l'homme était fou. Elle pensa à Perla, à Chouchane, Arev et Alexandre, à ses propres parents. Mais elle eut aussi pitié de lui. Elle n'ignorait pas, même s'il n'en parlait jamais, qu'une partie de sa famille avait été massacrée, autrefois, lors du Grand Génocide. Elle tenta de s'imaginer comment une telle histoire pouvait façonner un être humain, comment un enfant, dans cette situation, n'avait d'autre choix que de se construire un monde à lui, un univers faussé, propre à le protéger des monstres de sa biographie. Elle se dit qu'une terrible angoisse devait l'habiter. Comme cet enfant qu'il était resté, sans doute, il avait envie d'être rassuré, il avait besoin qu'on cède à ses désirs. C'était là sûrement la raison de son comportement immoral, égoïste, criminel. Elle devinait comment cet homme parvenait, grâce à sa terrible singularité, à se faire pardonner ses fautes. Il avait organisé un système d'indulgences autour de lui qui ne disait pas son nom.

Pour la chambre, pourtant, Alicia refusa tout net.

Ce fut à cette même période qu'elle découvrit que son amie Varvara lui avait volé Virgil. C'est au détour d'une conversation que la Russe lui avoua la chose, de manière paresseuse, désinvolte, comme si elle n'avait pas d'importance. Après qu'Alicia lui avait présenté le jeune Romaniote, Varvara l'avait traqué jusque sur la pelouse de Feuillis et l'avait revu, seule. Elle avait assisté à quelques répétitions, puis bu un verre avec lui. Pour finir, elle lui avait proposé de faire l'amour. Virgil et elle l'avaient fait dans un débarras, plein de vieux costumes fanés, de pots de peinture et de miroirs. La présence de ces glaces de théâtre avait rendu la chose plus piquante, avait dit Varvara en riant. Elle avait l'impression qu'ils pouvaient s'évaporer à tout moment, passer derrière les décors, se retrouver dans un autre monde ! Puis elle ajouta, avec une moue déçue :

— Malgré tout ça ce ne fut pas terrible, crois-moi.

Alicia s'était levée, soudain agitée, l'esprit en émoi, oubliant son expresso à moitié bu, une cigarette fumant dans le cendrier, et elle avait quitté le café, laissant son amie en plan. La trahison de l'une et de l'autre se passait de commentaire. De toute façon, que savait-elle du désir ? De l'amour et de la manière dont on le fait ? Qu'aurait-elle pu dire ?

Elle était encore vierge. Toutefois, quand la perfidie se présentait, elle savait la reconnaître.

Après cela, elle avait pleuré pendant trois jours.

Plusieurs mois avaient passé. Elle partit une semaine, pour les vacances de printemps, avec ses parents dans la maison d'amis. Pour son malheur, Lucien Minassian y fut invité aussi et réussit à y venir seul. Il se retrouva à habiter à l'étage supérieur du logis. Alicia le croisait sans cesse. L'homme essayait de se retrouver sur la route de la jeune fille le plus souvent possible. Il exigeait qu'elle lui accorde du temps, qu'elle vienne lui dire bonsoir dans sa chambre. Elle avait tout le mal du monde à se dérober à ce qui était devenu, au fil du temps, une farce vulgaire et dangereuse.

Une après-midi, alors qu'il l'accompagnait faire une course au petit village, il essaya une fois de plus de se saisir d'elle et de l'embrasser, de la toucher. Elle se dégagea avec violence. L'homme, alors, aboya :

— Toi, tu aurais vraiment besoin qu'on te viole un bon coup !

Un grand silence blanc se fit dans la tête d'Alicia. Elle s'arrêta net sur le chemin d'herbes folles et le considéra. Il venait de prononcer le mot libérateur. Tout à coup, le sordide de la situation, la vraie couleur de ses intentions leur sautèrent au visage à tous deux. Voilà, on y était arrivé. La chose était enfin claire, enfin elle avait été dite. Une frontière avait été franchie.

Sans prononcer une seule parole, du haut de ses quinze ans et demi, Alicia reprit sa marche vers le village, laissant celui qui se prétendait le meilleur ami de son père vaguement sonné par ses propres mots. Ce faisant, elle rompait pour toujours avec lui. Elle savait qu'il le savait aussi.

L'horizon de son existence s'éclairait soudain d'une lumière limpide.

Alice et l'Androgyne

Alice essaya d'oublier le sourire étoilé mais quelque peu désagréable de la Chatte-du-Loir-et-Cher. Elle avait la tête encore pleine de papillons. Elle marcha quelques minutes en tâchant de se les rappeler tous, avec toutes leurs couleurs et leurs motifs et parvint, après quelques minutes, à l'orée d'un bois. Soudain, elle entendit quelque chose qui ressemblait à une conversation et s'arrêta pour l'écouter. Elle semblait venir de derrière un gros chêne. Deux personnes, un homme et une femme, discutaient à voix basse. En s'approchant discrètement, elle crut comprendre qu'il était question d'amour.

— Ce n'est pas comme ça que les femmes voient l'amour, disait la voix féminine, tu le sais bien.

— Les hommes ne pensent pas le monde comme les femmes, c'est tout, contrait la voix masculine.

— Rien de nouveau sous le soleil, hélas, Mars, Vénus, blablabla ! Quel ennui ! répondait, agacée, la voix féminine.

— Je ne te le fais pas dire, renchérissait l'autre, un ton plus haut.

— Chut ! chuchotait la voix féminine férocement, tu vas nous faire repérer !

Alice se demandait si ces personnes pourraient éventuellement la mettre sur le bon chemin, mais comme elle ne savait rien de leur identité, et ayant eu affaire à des gens décidément très étranges et pas toujours agréables ou bien élevés, elle hésita à s'approcher. En même temps, pensa-t-elle, soyons rationnel : si j'aspire à retourner de l'autre côté du miroir, je vais devoir chercher de l'aide. J'espère seulement que ce ne seront pas la Reine et le Chapelier Fou. Je n'ai pas très envie de me retrouver à NE PAS boire du thé et à NE PAS manger d'excellents gâteaux, ou à me faire couper la tête pour un oui ou pour un non.

Prenant son courage à deux mains, Alice s'avança. Quelle ne fut pas sa surprise de découvrir, derrière le gros arbre, une seule personne. Elle était allongée sur un lit, quasiment nue. Seuls quelques voiles transparents recouvraient ses belles formes. Alice, décontenancée, toussota discrètement.

L'odalisque se retourna brusquement et poussa un cri de surprise.

— Mon Dieu, vous m'avez fait peur ! Qui êtes-vous ? (Puis s'adressant à un interlocuteur invisible :) Tu as vu ce que tu as fait ! Idiot, c'est de ta faute !

— Je t'en prie, rétorqua l'odalisque d'une voix plus grave, pas de quoi s'affoler. Ce n'est qu'une fillette.

Alice fixa la créature, sidérée. Puis, comme l'autre la fixait aussi, elle se ressaisit quelque peu.

— Pardonnez-moi, je vous ai entendus discuter tous les deux. J'espère ne pas vous déranger outre mesure. C'est que je cherche mon chemin, voyez-vous, je viens de l'autre côté du…

— Vous êtes toute pardonnée, dit la voix grave.

— Oui, enfin cela dépend, fit la voix haute.

— Que pouvons-nous faire pour vous ? demanda la voix grave.

Alice se tut à nouveau. Elle venait de comprendre que la personne allongée et quasi nue parlait avec deux voix différentes et avait deux identités. Était-elle folle, elle aussi, comme le Lièvre de Mars ou le Chapelier ? Il y eut un silence embarrassant.

— Je vois que vous êtes déconcertée, susurra la voix de femme. Il ne faut pas. Je suis l'Androgyne.

Puis, comme Alice ne se réveillait pas de sa stupeur :

— Approchez, n'ayez crainte.

Alice fit quelques pas et se rapprocha du lit de style oriental sur lequel était alangui l'Androgyne. Son visage était très beau et sa peau, très blanche, avait l'éclat du marbre. C'est étrange, songea confusément Alice, j'ai l'impression de l'avoir déjà vu quelque part. Mais où ? Vraiment, je ne me souviens pas… Soudain l'image s'imposa dans son esprit dans un éclair aveuglant. Mais bien sûr ! C'était au Louvre, avec ses parents. Il s'agissait de l'*Hermaphrodite endormi*, la copie romaine d'une sculpture grecque de Polyclès. Elle se souvenait parfaitement à présent de la femme, aux courbes voluptueuses, couchée sur le ventre. La finesse de son visage, de ses membres, de ses attaches. Puis, lorsqu'on passait de l'autre côté de la femme, le petit sexe d'homme dressé qui vous sautait aux yeux comme une surprise, une erreur. Très intrigant pour une fillette curieuse. Ce détail incongru l'avait vivement intéressée.

Alice ne put s'empêcher de reculer d'un pas, déstabilisée. Elle n'osait s'approcher davantage de ce corps troublant, tout en brûlant de vérifier ce qui se trouvait de l'autre côté, sur son autre face.

— Ne vous effrayez pas, jeune fille, dit l'Androgyne de sa voix de garçon. Je suis une et plusieurs.

— Mais, commença Alice, comment est-ce possible ? Je n'ai jamais...

— Si vous saviez tout ce qui existe en ce monde... Pensez que nous ne sommes jamais seulement ce que nous paraissons être. Nous sommes bien davantage.

— Vous voulez dire que...

— Il existe toutes les nuances, toutes les gradations de l'identité. C'est comme pour le plumage des oiseaux. Ou les ailes des papillons. Une infinité de nuances, de *sfumati*... Il convient de ne pas se laisser enfermer dans une seule petite boîte, comme un scarabée mort. Nous ne sommes pas qu'un seul pot de couleur.

— Je ne me sens pas un pot, crut bon de préciser Alice, désorientée.

— Imaginez que vous êtes un tube de gouache qui contient toutes les couleurs de l'arc-en-ciel, dit la voix masculine.

— Pas très pratique pour peindre, fit remarquer Alice.

— Mais pour vivre, si.

— Oui, mais moi, rétorqua Alice, qui ai déjà du mal à comprendre qui je suis, je n'imagine pas être une fille ET un garçon dans le même tube... Euh, le même corps !

— Il n'y a pas que le corps, il y a l'esprit. Et d'abord êtes-vous sûre d'être une fille ?

— Oui... Enfin, je crois... Oh, et puis je ne sais plus ! Il est vrai que j'ai toujours été un peu garçon manqué.

— Ah, vous voyez !

— Et puis je suis très agacée par ce que les femmes doivent endurer ! C'est terriblement injuste !

— Bien vu.

— Mais en même temps, on n'a pas trouvé mieux, pour faire les enfants, que les femmes, non ? Pour leur mettre des pansements sur leurs bobos, pour leur chanter des berceuses...

— Pas faux.

— Alors ? Même en tant que garçon manqué, je suis tout de même une fille, je crois. Je vais donc devoir supporter toute cette injustice ? Les hommes peuvent aller où bon leur semble. Ils peuvent parcourir le monde. Les femmes doivent faire attention de ne pas se faire v... vol...

Alice hésitait sur le terme à employer. Voulait-elle dire « voler » ? « Violenter » ? « Violer » ? Elle répugnait à utiliser ces mots trop horribles. Pourquoi fallait-il que le destin de fille, de femme soit irrémédiablement lié à ces mots-là ? Des images d'enlèvement, de rapt, de violence, de cris, de mains sur la bouche d'une fille, de jupes relevées et de douleur lui venaient à l'esprit. C'était à désespérer de grandir avec une pareille menace. De toujours se sentir une proie. Et pourtant elle n'avait jamais particulièrement aimé les poupées. Elle trouvait leur visage stupide et leurs cheveux très laids. Elle avait toujours préféré grimper aux arbres pour apercevoir le monde de plus haut, afin de faire reculer l'horizon le plus possible. Elle frissonna.

— Nous sommes ici de l'autre côté du miroir, jeune fille, ne l'oubliez pas, dit l'Androgyne de sa voix de femme.

— Vous voulez dire qu'il est possible, ici, d'être une fille sans être inquiétée ? D'être véritablement libre ?

— Essayez. Vous verrez bien. Croyez en votre audace. Le sablier est rempli d'eau, le temps passe vite. N'attendez pas que quelqu'un d'autre le fasse pour vous, vous risquez d'attendre longtemps ! dit la voix d'homme.

— Oui, jusqu'à la saint-Glinglin ! fit la voix de femme.

— Or la saint-Glinglin n'arrive que tous les quatre ans. C'est un saint bissextile. Ha ! ha ! ha !

— Excellent ! ajouta la voix de femme.

— Merci, ma Chère, dit la voix masculine. Que disions-nous avant cette conversation avec cette petite ?

— Nous parlions des visions de l'amour…

— Très juste. Eh bien, figure-toi que j'ai toujours pensé que la vision de l'existence n'était pas si hormono-dépendante que cela.

— Tu veux dire déterminée par la biologie ?

— Exactement.

— Pourtant tu semblais dire le contraire hier…

— Oui, mais depuis hier, j'ai beaucoup mûri…

Alice, voyant que la conversation de l'Androgyne avec lui-même reprenait, prit timidement congé et s'éclipsa sur la pointe des pieds. Elle retrouva son chemin et sortit de la forêt.

La tête lui tournait un peu, des bribes de souvenirs de sa petite enfance lui revenaient. Elle se remémora soudain la sensation physique d'un genou écorché après avoir grimpé aux arbres. La brûlure de la peau, les larmes qui piquaient les yeux. Et le souvenir de ces vilaines poupées qui attendaient, toutes raides, avec leurs robes tachées et leurs cheveux massacrés, qu'on leur prépare à manger dans de la vaisselle miniature, alors qu'il y avait tant d'autres aventures à vivre, de livres à lire, de chansons à chanter.

Elle aurait rêvé de s'asseoir un instant pour se reposer, se consoler. D'une bonne tasse de thé bien chaud et, pour l'accompagner, d'un petit biscuit au chocolat.

Le Jeune Homme au vétiver

Un an avait passé et Alicia était en terminale.

Elle continuait de lire des romans avec acharnement. Comme le personnage de Harry Haller dans *Le Loup des steppes* de Hermann Hesse, au milieu du labyrinthe infini des mots et des phrases, des œuvres et des récits, elle cherchait certaines portes secrètes, dont elle savait confusément qu'elles existaient, pour tenter d'avancer dans sa vie.

Elle n'aurait pas pu prétendre qu'elle savait à proprement penser. Ses notions d'elle-même et du monde étaient encore bien trop floues pour cela. Mais elle sentait et ressentait ce monde violemment, elle était poreuse. Curieuse. Elle aimait se laisser porter par une sensation, par une idée. Toute chose belle était un trésor à chérir, une voie féconde. La beauté, lui semblait-il, était LA porte. « *A thing of beauty is a joy forever* », disait le poète John Keats dans son *Endymion*.

Seule avec ses poètes, Alicia avançait comme elle pouvait, trébuchant plus souvent qu'à son tour. Un soir de janvier, elle fit la connaissance d'un jeune homme remarquable. C'était chez Hadrien, une connaissance commune, le fils d'un éditeur de chez Gallimion. Sous les poutres apparentes du petit appartement très ancien, non loin de la rue Saint-André-des-Arches, les volumes blancs tapissaient les murs du sol au plafond. Un enchaînement de circonstances, en apparence assez anodines, avait amené Alicia depuis son lycée ordinaire et mal dégrossi jusqu'au quartier de légende, non loin de la montagne Sainte-Ursule. Le fils de l'éditeur était inscrit en terminale au Grand Lycée Royal, et il avait invité des camarades dans l'appartement paternel pour la soirée.

Alicia portait une robe Liberty bleue à manches courtes, inadaptée à la saison, et de hautes bottes cavalières. La grande pièce était sombre, éclairée par les seuls livres. Elle avait un peu froid.

En cours de soirée, vers les dix heures, arriva un jeune homme à la beauté rare qui ne portait qu'un seul gant. Après quelques échanges, elle comprit qu'une histoire de panne de mobylette l'avait retenu. Le deux-roues, dans son esprit, prit la forme d'un destrier. Le garçon était beau et mystérieux, insaisissable comme le vent. Ils se parlèrent un peu. Elle eut l'impression que quelques atomes, entre eux, s'étaient frôlés et qu'ils s'étaient plu. Il s'appelait Tristan.

Au mois de mars suivant, elle le revit dans un café de la rue Souffle-Tard. Il disputait une partie de flipper avec des amis en compagnie desquels il fêtait ses dix-huit ans. Elle revoit encore les deux appareils du bistrot, celui avec ses dessins de bolides multicolores sur un circuit de course, et l'autre, peint de cartes à jouer criardes avec la Reine de Cœur. Au début, elle crut qu'il ne faisait pas attention à elle et resta en retrait avec Hadrien et une amie. Mais par la suite, ils s'assirent tous ensemble et bavardèrent. Tristan semblait à l'aise, parmi les siens. Seule une sorte de pudeur, de distance ironique le maintenait un peu à part.

Par la suite, cette amie organisa des soirées chez elle et Tristan y vint, ainsi que d'autres de ses camarades. Alicia apprit à connaître ces jeunes gens et ces jeunes filles brillants et sûrs d'eux. L'un avait un patronyme qui lui disait quelque chose, celui d'un ministre de De Gaulle lui souffla-t-on, l'autre était le rejeton d'une famille connue, un autre était le fils d'un philosophe, une troisième était anorexique et précocement douée. Tristan, lui, n'était le fils de personne en vue, il se suffisait à lui-même. Tous avaient de grandes ambitions professionnelles, choses dont Alicia était tout à fait dépourvue. Avec leurs profils décidés et leurs idées claires, ils occupaient les rues de la « montagne », mangeant au Chalet, le médiocre restaurant universitaire, passant des heures au Piano-Girafe, aux Trois-Bacheliers ou dans les cafés de la Contrecime et les bouis-bouis de la rue Bièvre-Mouffante. Ils se retrouvaient aux jardins Médicis, sous les marronniers, et débattaient de la vie et du monde avec conviction. Leurs jambes, comme celles des femmes de Truffaut, étaient des compas qui parcouraient les précieux arpents du quartier, mesurant les pas déjà accomplis et ceux qui restaient à faire sur les chemins de la connaissance et de la réussite.

De cette pouponnière scintillante, entre la rue Charlemagne, le Grand Parthénon, la rue de l'École-des-Nobles-Techniques et la rue des Bienheureuses, Alicia ne perçut pas, à l'époque, les défauts, les limitations ou les ridicules. Elle fut simplement éblouie. Éblouie par Tristan, éblouie par ses amis. La poudre des allées des jardins Médicis lui semblait une poussière d'étoile qui s'attachait à leurs pas. Les vieux et vénérables murs du quartier réverbéraient jusqu'à ses oreilles des chuchotements antiques, la pierre elle-même était comme une peau respirante, chargée des secrets baisers de l'esprit. C'était tout un monde de culture savante, de rituels, de transmission et de messes basses. Elle en retirait le sentiment rassurant d'évoluer dans un de ses livres de chevet.

Après le baccalauréat, elle revit Tristan, seule. Ils glissèrent un jour d'été, du côté de l'île aux Cyprès, dans les bras l'un de l'autre, comme dans un pays connu et déjà souvent arpenté. Elle aimait son savoir qui lui semblait encyclopédique, sa capacité à se repérer dans les paysages, les cartes routières ou celles d'état-major. Elle aimait l'entendre lui raconter des histoires mystérieuses et effrayantes de spéléologie, discipline qu'il pratiquait depuis qu'il était très jeune. Il lui était arrivé tellement de choses trépidantes ! Elle aimait son parfum de vétiver, léger et herbeux, et celui de son pull irlandais en laine écru, mélangé à l'odeur de sa peau. Elle aimait ses bottes gardianes. Elle ne sut jamais exactement ce qu'il voyait en elle, mais il l'aimait, de cela elle était certaine.

Très vite, ils furent très amoureux, comme s'ils l'étaient depuis toujours. C'était un amour immense et très pur. Tristan paraissait l'antithèse du marchand de tapis, de l'escroc, de l'Ennemi de la famille. Il était l'élégance et la douceur, l'humour, un quelque chose encore de l'espièglerie de l'enfance qui s'autorisait à perdurer, une liberté buissonnière, faite d'effluves de vieux livres, de sous-bois et de foin. Comme elle l'aimait !

Un jour il insista pour qu'elle descende avec lui dans des grottes. Elle était morte d'angoisse à cette perspective, mais elle comprit que pour lui plaire elle devait se montrer forte et intrépide, autant qu'un garçon. Elle n'osa refuser de crainte de passer pour une peureuse. Ils partagèrent ainsi une semaine à arpenter des chemins de grande randonnée, à descendre au fond de ce qui lui semblait des gouffres, où ne régnaient plus que l'obscurité et le froid. Elle dut le suivre dans des boyaux dans lesquels il fallait ramper en poussant son sac et son casque devant soi, tant ils étaient étroits. Elle dut lutter contre une sensation d'oppression. Elle descendit des puits en rappel, s'érafla les genoux, se cogna la tête, dérapa plus d'une fois sur des sols inégaux et humides, pleura de fatigue et de peur. Elle dut se rendre à l'évidence, elle n'était pas si intrépide que cela, finalement, même s'il la poussait dans ses retranchements.

Pourtant, au bout de l'effort, il y avait toujours une chambre miraculeuse, haute et vaste, tapissée de cristaux qui scintillaient soudain dans la lumière de leurs lampes frontales, ou de délicates et muettes stalactites, qui menait à un lac secret et miroitant. Une fois, elle ne sut plus si c'était la nuit ou le jour, tant elle avait perdu la notion du temps, ils passèrent un long moment dans le silence magnétique, à écouter des gouttes d'eau qui jouaient leur partition mystérieuse. Le vide – ou était-ce le plein ? – et sa musique leur remplirent la tête. Puis Tristan, après lui avoir servi du thé de la bouteille thermos, lui lut des poèmes pour la rassurer. Parmi eux *Le Cimetière marin*. Une fois sortis à l'air libre, ils s'embrassèrent longuement.

La vie, pour Alicia, comme un livre brusquement ouvert par le vent, comme une fleur hésitante, tardive qui surgit à la fin du printemps, l'appelait enfin.

Le Sort de la Reine

Alice, qui s'était remise en chemin et tournicotait rêveusement entre ses doigts son porte-clés avec la fameuse Vache, entendit soudain un gémissement lugubre. Elle leva la tête. La Reine Blanche du jeu d'échecs arrivait en courant dans sa direction, en grande détresse, les bras grands ouverts, comme s'il lui était arrivé quelque chose de terrible. Dommage, eut-elle juste le temps de se dire, j'aurais vraiment aimé m'asseoir pour boire une tasse d'Earl Grey avec du lait et grignoter un Pépito.

La Reine Blanche s'arrêta tout net à côté d'Alice, les yeux ronds, l'air effaré. Elle était essoufflée et très décoiffée.

— Majesté, lui dit Alice, puis-je vous aider ?

— Pardon, quelqu'un m'a-t-il parlé ? demanda la Reine, manifestement inattentive, perdue.

— C'est moi, Alice. Vous semblez avoir besoin d'aide. Puis-je vous être utile ?

— Je n'en ai aucune idée. La question n'est pas là. La question est la suivante : comment vais-je retrouver mon châle après tout cela ? C'est un cadeau de ma tante bien-aimée.

— S'est-il envolé ?

— Envolé, envolé, on voit bien que vous n'avez aucune idée de ce qui s'est passé.

— En effet, je...

— Il m'est très désagréable de devoir préciser que j'ai aussi perdu un de mes jupons, ainsi que mon corsage et ma culotte.

— Ah, c'est regrettable, admit Alice avec componction, ne sachant quoi répondre d'autre.

Elle n'avait jamais entendu parler d'une souveraine dans une situation aussi embarrassante.

La Reine se tut et regarda dans le lointain, d'un air mélancolique. Alice, gênée, s'apprêtait à prendre congé de la dame lorsqu'elle avisa, un peu plus loin, un magnifique châle blanc, décoré de broderies multicolores, pris dans des buissons d'épines. Elle s'avança pour le libérer, démêla ses franges, l'épousseta et le rapporta à la Reine.

— Tenez, Majesté, voici au moins votre châle, je l'ai retrouvé dans un buisson.

Et elle passa le cachemire autour des épaules de la souveraine.

— Vos cheveux sont aussi en désordre. Me permettez-vous de vous recoiffer un peu ?

La Reine émit une sorte de plainte. Alice rattrapa des mèches folles et les fixa dans le royal chignon à l'aide de quelques épingles qui avaient glissé.

— Vous voilà à présent tout à fait recoiffée, Majesté. Vous êtes très bien, mentit-elle, pour donner à la femme un peu de courage.

La Reine se laissa alors choir lourdement sur une souche d'arbre et poussa un grand soupir.

— Asseyez-vous donc à côté de moi, lui dit la femme. Nous avons du temps. Dans ce pays-ci, le temps passe à l'envers.

— Ah, fit Alice, en s'asseyant à son tour sur une racine noueuse à proximité, j'aurais dû m'en douter, évidemment. De l'autre côté du miroir, les choses se font dans l'autre sens.

— C'est-à-dire que je me lamente en ce moment pour ce qui va m'arriver tout à l'heure.

— Mais comment le savez-vous ?

— Je le sais parce qu'on me porte le bulletin des évènements à venir tous les matins, avec mon thé et mes biscottes beurrées, bien évidemment.

— Mais alors pourquoi souffrir maintenant ? Que ferez-vous plus tard ?

— Oh, plus tard, ce ne sera plus la peine de souffrir, puisque je l'aurai déjà fait. Pourquoi souffrir deux fois, n'est-ce pas ?

— En effet, dit Alice, en pensant que c'était tout de même très bizarre et qu'elle ne savait pas si, à la place de la Reine, elle pourrait s'habituer à cet état de choses.

— Sachez, fit la Reine, que je n'ai pas eu de chance.

— Ah non ? demanda prudemment Alice.

— Non, vraiment pas. Mais nous autres, les femmes, nous y sommes habituées, n'est-ce pas ?

— Sans doute, répondit Alice, qui redoutait la suite.

— Je n'ai pas eu le droit à une éducation digne de ce nom. J'ai juste appris la broderie et la viole de gambe. C'est mince, comme bagage, pour affronter la vie, vous en conviendrez, j'en suis sûre. Puis j'ai été mariée, à douze ans, à un roitelet voisin. C'était un veuf de cinquante ans. Il m'a violentée tous les jours jusqu'à ce que mort s'ensuive. La sienne, je précise. J'ai eu douze enfants dont neuf sont décédés en bas âge.

— C'est abominable ! s'exclama Alice qui avait pâli.

— Je ne suis pas libre d'aller et venir à ma guise, je dois demander la permission des hommes qui m'entourent. Mon oncle, le frère de mon mari et même mon fils aîné. Si je m'échappe, je serai enfermée dans un couvent. Ou dans un asile d'aliénées.

— Mais, que faites-vous ici dans les bois ? s'enhardit à demander Alice.

— Je cours, car il y a la guerre, et je vais être capturée et violée par le roi ennemi et ses chevaliers dans quelques minutes. À dix-sept heures trente-sept exactement. Voilà pourquoi vous me trouvez dans cet état, avec mes vêtements égarés et mes cheveux en désordre.

— Mais peut-être pouvez-vous encore leur échapper ! cria Alice, à la fois horrifiée et pleine d'espoir.

— Oh non, ce qui est écrit doit se réaliser. C'est ainsi dans notre pays. De plus, je serai un butin de guerre, c'est une des anciennes et nobles traditions de chez nous.

Alice ne voyait pas comment venir en aide à cette Reine déjà traumatisée et désespérée avant même d'avoir eu à subir son sort. Tout de même, se dit-elle, les traditions devraient pouvoir être changées. Ou même abolies. Elle se souvint avoir lu dans le journal de son père, par-dessus son épaule, que certaines villes avaient renoncé à la corrida. Si on pouvait le faire pour des taureaux, on pouvait peut-être le faire pour des femmes, non ?

— Vous savez de quoi j'ai toujours rêvé ? demanda soudain la Reine, une lueur de félicité passant sur son visage.

— Non, répondit Alice.

— Eh bien je rêve d'aller à la piscine avec un bon livre et un paquet de biscuits. Et de passer ainsi toute une après-midi sans être dérangée. Ce serait merveilleux, n'est-ce pas ?

La Reine sourit à Alice pour la première fois depuis leur rencontre.

— Hélas, ça n'a jamais été possible, ajouta-t-elle. De toute façon je ne sais pas lire.

— Oh ça, je pourrais vous l'apprendre, s'enhardit Alice. Ce n'est pas aussi difficile que ça en a l'air. Moi j'ai appris avec ma maîtresse, madame Petitfer, en quelques mois !

— C'est très aimable à vous. Mais je n'aurais pas de quoi vous payer vos leçons. Et de toute manière il est temps que j'aille rejoindre mon destin. Bientôt dix-sept heures trente.

— Mais, insista Alice, apeurée, pourquoi ne pas rester ici à côté de moi, je pourrais vous tenir comp...

Mais Alice n'eut pas le temps de terminer sa phrase car, d'un coup, la Reine avait disparu. Regardant la souche désertée à côté d'elle, elle s'aperçut qu'elle était à présent dans une petite boutique sombre et que la souche était un tabouret. Mon Dieu, se dit Alice, comme les choses sont étranges dans ce pays de l'autre côté du miroir. Encore plus étranges qu'avant.

Derrière un comptoir en bois se tenait une Vache blanc et noir. Elle tricotait des fils qui semblaient venir de tout autour d'elle, des étagères, du plafond, de l'extérieur aussi. On aurait dit une araignée.

— Que souhaitez-vous acheter ? demanda la Vache placidement.

— Je ne sais pas, répondit Alice, encore troublée par sa rencontre avec la Reine. Me permettez-vous de jeter un coup d'œil ?

— Jetez tout ce que vous voulez, mais ne comptez pas sur moi pour vous rembourser quoi que ce soit.

Alice tourna sur elle-même et observa les marchandises disposées sur les étagères. Elle pensa à la souveraine. Un bon livre d'aventures et un paquet de biscuits au gingembre me feraient bien plaisir à moi aussi, songea-t-elle. Elle s'approcha alors des rayonnages, mais à chaque fois qu'elle repérait quelque chose qui pourrait lui plaire, une petite étiquette posée en dessous indiquait : « Produit indisponible » ou « En rupture de stock ».

Elle se tourna vers la Vache avec l'intention de s'en plaindre, mais s'arrêta net. Celle-ci, brandissant de grands ciseaux, plus grands que sa tête, s'apprêtait à couper un des fils de laine qu'elle tricotait et qui, venant de l'extérieur, passait sous la porte. La taille des ciseaux impressionna la fillette. Elle fixa l'animal et attendit, figée. Clac ! Elle vit la Vache couper le fil, puis reposer les immenses ciseaux et rajuster ses lunettes sur son nez.

— Pardonnez-moi, quelqu'un vient de rendre l'âme, énonça la Vache en guise d'explication. Vous disiez ?

— Euh, rien du tout, en fait, répondit Alice. Je n'ai besoin de rien, je vous remercie.

Tout en parlant elle se rapprochait discrètement de la porte. Puis elle l'ouvrit d'un geste brusque qui fit tinter la clochette, se précipita dehors et prit ses jambes à son cou.

Les Photographies

Au Grand Lycée Royal, Achille Didée, professeur de philosophie en classe préparatoire, était un enseignant très apprécié. Il recevait souvent certains de ses élèves chez lui, pour des dîners et des causeries. Alicia eut la chance d'y être conviée parfois avec Tristan. C'était des soirées délicieuses, autour d'une grande table, du côté de la place des Insurgés, où se retrouvaient *alumni* de philosophie, nouveaux élèves, peintres, chartistes, étudiants en médecine ou en archéologie.

Un soir, Alicia, qui suivait un cursus d'allemand, mais aussi d'anglais, se sentit interpellée lorsque quelqu'un évoqua l'œuvre photographique de Lewis Carroll. Elle dut confesser qu'elle ne s'intéressait pas beaucoup à la photo en général.

— Tu as tort, c'est un médium fascinant, lui dit une philosophe.

— Il faut lire *La Chambre claire*, ajouta un peintre.

— Je ne sais pas, répondit Alicia. La photo me fait toujours penser à la mort.

— C'est exactement ce que dit Barthes !

— Très flattée, fit la jeune femme, un peu décontenancée. Mais je peux lire *Alice* sans me référer aux photographies que Carroll a faites des petites filles. D'ailleurs, je veux lire l'œuvre sans penser à ces photos.

— Elles sont un peu dérangeantes, non ?

— Oui, justement. On ne sait pas quoi en penser, admit-elle.

— Mais il n'y a rien à en penser, les enfants, intervint un ancien élève. La perversion est dans l'œil de celui qui la voit !

— *Beauty is in the eye of the beholder*, dit Alicia.

— Exactement. Est-ce qu'un homme ne peut pas éprouver une sincère émotion à la vue de ces fillettes charmantes, fragiles, pleines de leur mystère insondable ?

— L'œil n'a pas d'innocence, si vous voulez mon avis.

— L'innocence n'existe pas, tout bonnement.

— Oh là là, ce que vous pouvez être freudiens !

— Que disaient les anciens, Achille ? demanda, théâtral, un interne, se tournant vers le professeur.

Achille partit d'un petit rire.

— Eh bien, vous le savez déjà si vous avez été assidus à mes cours de terminale – hilarité générale –, Héraclite, avec son *panta rhei*, « tout s'écoule », nous enseigne que, dans la permanence des choses, ces dernières n'existent qu'habitées au plus profond par la possibilité contraire, même adverse. En ce sens, l'innocence du regard n'existerait que grâce à sa possibilité de culpabilité. Le combat est père de toute chose ! C'est lui qui fait les uns dieux et les autres hommes, les uns esclaves, les autres libres.

— L'énigmatique, l'obscur Héraclite ! sourit un philosophe.

— Platon, au contraire, continua Achille, nous enseigne que cette harmonie née de la dualité et de l'unité des contraires est impossible, elle est discordante… Mais si l'on est héraclitéen, le regard n'est jamais ni innocent ni coupable, il est l'équilibre des deux… De toute façon, « mauvais témoins sont pour les sens les yeux et les oreilles lorsque les âmes sont barbares… ».

— Évidemment !

— Bon, mais que fait-on des petites filles de Carroll ? On les remise dans l'Enfer ? On les accepte pour l'amour d'*Alice* ?

— Qu'est-ce qu'il faut penser du pauvre Charles Lutwidge Dodgson, ce bon professeur de mathématiques – mais aussi cet esclave de ses passions, trompé par ses sens – et ses petites *enfants-amies* ?

— Déguisées en mendiantes, en Chinoises, en belles endormies !

— Ce bon diacre de Christ Church et ses ouvrages de géométrie euclidienne !

— Vous oubliez le registre où il consignait les milliers de lettres envoyées aux fillettes !

— On lui fiche la paix. Autre époque. Bénéfice du doute, décréta quelqu'un.

— Classons cela dans la catégorie : petits crimes nécessaires à l'élaboration du chef-d'œuvre. Secrets de la psyché.

— Tout de même... Un jour peut-être, on dira...

— On dira quoi ? Sublimation des pulsions !

— Mais arrêtez ! On sait bien que derrière chaque génie se cache un criminel !

— Mais on vient de dire qu'on lui fichait la paix !

— De toute façon, on ne sait pas tout. Sur les trois mille clichés de fillettes, certaines nues, seuls mille ont survécu, il paraît.

Alicia se taisait depuis un moment. Pour elle la question de la culpabilité de Lewis Carroll ne se posait tout bonnement pas. Peut-être fallait-il être anglais pour le comprendre. Peut-être fallait-il avoir été élevé aux *Nursery Rhymes*, être né dans cette culture qui place au-dessus de tout, curieusement, l'univers enfantin, ses trouvailles, sa créativité, son besoin de merveilleux et de logique.

Revenue chez elle, Alicia feuilleta pour la énième fois un volume biographique sur l'auteur d'*Alice*. On y voyait l'éternel portrait en sépia de la petite Alice Liddell, la fille du doyen Henry Liddell de l'université de Christ Church à Oxford, où Carroll enseignait. Il datait de 1858.

Alice a six ans. Elle est déguisée en mendiante. Habillée de guenilles, elle nous toise, une main sur une hanche, l'autre se tendant légèrement pour recevoir une aumône imaginaire. Son visage aux traits assurés, son regard insistant. Ses cheveux sont lâchés, sa frange irrégulière. Toute bienséance victorienne se doit d'être gommée pour faire plus vrai. Une de ses petites épaules, fragile, est dénudée, et ses jambes fluettes dépassent de sous sa robe déchirée. Elle est adossée à un mur lépreux et pose comme devant la toile peinte d'un photographe de studio, le pied sur le tronc du lierre qui court en bas du mur.

C'est une référence aux photos de genre. Et l'absolu contraire d'Alice et de ses merveilles qui verront le jour quelques années plus tard. Est-elle dérangeante ? Les âmes chagrines y trouveront peut-être une suggestion de l'envers du décor mental de l'écrivain…

C'est pour elle, pour cette petite gamine dont il s'était épris, que Carroll conçut *Les Aventures d'Alice au pays des merveilles* – puis plus tard, *De l'autre côté du miroir*, lors de cette fameuse promenade en barque sur la Tamise le 4 juillet 1862, en compagnie d'Alice et de deux de ses sœurs, Edith et Lorina. À la demande d'Alice, il avait inventé, au débotté, une histoire pour distraire les fillettes puis, toujours à sa demande, l'avait, plus tard, couchée sur le papier. Il lui offrit un exemplaire unique, calligraphié et illustré par ses soins, à Noël 1864.

Quelques semaines après ce dîner, Alicia reçut un appel de Tristan. Il venait d'être recruté par un grand parti de gauche pour poser sur les affiches de la prochaine campagne présidentielle. Des *scouts* de l'agence de publicité chargée des visuels de la campagne chassaient à la sortie des bons lycées ! On avait repéré Tristan et on lui avait demandé s'il avait une amoureuse. Il s'agissait de poser contre une rétribution modeste. Il avait dit oui.

Tristan et elle se retrouvèrent donc, une après-midi, dans un studio, à incarner le couple d'étudiants enthousiastes devant figurer sur les affiches 4×3 de la campagne de ce grand parti de gauche. À côté d'eux, dans le même studio, ceux, parents et enfants, qui figuraient la famille parfaite et, un peu plus loin, le couple de retraités encore fringants, aux cheveux d'argent.

Leur portrait de couple, après quelques essais de poses, fut fixé devant un drapeau français. Tout le monde sembla très satisfait. Il ne resterait plus qu'à apposer le slogan, dont, par ailleurs, Tristan et Alicia n'avaient pas la moindre notion. Ils faisaient confiance a priori.

Heureusement, un décret passé quelques jours plus tard, à la dernière minute, interdit la diffusion d'affiches si près du premier tour. Il s'en fallut de peu que le visage d'Alicia et celui de son amoureux ne soient placardés dans toute la France. Sur le moment, Alicia en conçut un peu de regret. Mais rétrospectivement, elle mesura la chance qu'elle eut de ne pas être exposée ainsi, ses traits juvéniles et vierges de toute vraie vie, plaqués sur le drapeau national, au service d'une idéologie politique, à jamais.

Les Photographies

Cette histoire de visages capturés par la pellicule – peut-être même d'âmes volées, se dit-elle, comme celles des peuples premiers fixés sur plaque de verre et dérobés par les premiers explorateurs – hanta longtemps Alicia. Entre les clichés étranges de Lewis Carroll et ceux, forcément malhonnêtes, du parti politique, elle ne pouvait s'empêcher de repenser à la question de l'innocence du regard. Mais la réponse d'Achille, citant Héraclite lors de cette soirée chez lui, lui parut plus obscure encore.

Alice et l'Œuf alphabète

Décidément, se dit Alice, en repensant aux grands ciseaux de la Vache, les gens meurent facilement, ici ! On va bientôt me proposer, au lieu d'une tasse de thé, un diabolo-sang !

Alice, toute chose, se remit en route. Elle marcha vite et arriva, après un moment, devant un charmant jardin entouré d'un muret. Avisant un vieux banc auquel il manquait une latte, elle s'y laissa tomber, un peu essoufflée. On dirait bien que cette vilaine Vache voulait couper le fil de ma vie, songea-t-elle, encore effrayée à cette perspective. Peut-être était-ce parce que je suis une fille, et que les filles, on le constate, sont bien moins à l'abri des accidents désagréables que les garçons. On m'a raconté que des divinités anciennes faisaient de même. Elles filaient la laine des vivants, puis, lorsque leur heure de mourir avait sonné, elles coupaient le fil qui les retenait à la vie. Alice frissonna.

Elle regarda autour d'elle, le temps de reprendre ses esprits. Le petit enclos ressemblait à un jardin de curé, avec ses minuscules parterres de plantes médicinales entourés de buis, et sa vieille fontaine figurant un visage de satyre un peu grotesque et usé. Dans un coin, des roses anciennes exhalaient un parfum sucré. Soudain, quelque chose attira son attention sur la gauche. Elle tourna la tête et vit un gros œuf posé sur le muret, à au moins un mètre quatre-vingts du sol. Un visage sévère ornait sa coquille. Surprise, elle sursauta.

— Mille excuses, monsieur, je ne vous avais pas vu, bégaya-t-elle.

— Mille, c'est peut-être un peu beaucoup, dit l'Œuf d'une voix de matrone, mais douze ou treize feront l'affaire. Vous êtes ici dans une propriété privée.

— Alors veuillez accepter mes treize excuses. Très sincères, ajouta Alice

— Excuses acceptées. Au fait, pour votre gouverne, je suis UNE œuf.

— Ah, oui ? Mince, alors acceptez encore quelques excuses, je vous prie. Une poignée ? Sept ?

— Sept est une chiffre tout à fait convenable.

Alice se laissa aller contre le dossier du banc et souffla, un peu rassurée. Elle n'osait tourner à nouveau la tête et regarder l'Œuf dans les yeux. Cet *être* s'attendait-il, enfin elle, à ce qu'elles fassent la conversation ? C'était embarrassant. Heureusement, ce fut « elle » qui l'engagea.

— D'où venez-vous, jeune fille ? demanda l'être ovoïde.

— C'est une très bonne question, et je vous remercie de me la poser car, à ce stade, je n'en ai plus la moindre idée.

— Nous ne sommes pas dans une stade mais dans une jardin, remarquez bien, fit l'Œuf. C'est même une jardin de plantes aromatiques et médicinales. C'est ici que je cueille mes simples pour soigner l'âme de **la** monde. Car elle est bien malade, vous pouvez me croire.

Et l'Œuf poussa un soupir abyssal. Alice constata que l'Œuf mettait tous les substantifs au féminin. Voilà quelque chose qui me serait totalement interdit si je le faisais à l'école, songea-t-elle, avec regret. De plus, on nous enseigne, en grammaire, que le masculin l'emporte toujours. Alice trouvait cette façon de parler plutôt amusante et audacieuse. Elle se dit qu'elle allait essayer à son tour.

— Bien, dit l'Œuf, vous ne m'avez pas dit d'où vous venez. Tâchez d'être précise, cela nous fera gagner de **la** temps à toutes les deux.

— Eh bien, fit Alice en plissant le front pour tenter de remonter le fil des événements, je suis venue de l'autre côté de **la** miroir, je crois et, avant cela, lorsque je n'ai pas arrêté de grandir et de rapetisser, je venais de suivre une lapine blanche dans une terrier. Ensuite il y a eu la Reine, je crois...

— Suffit, votre histoire est assez ennuyeuse et je crains qu'elle ne nous mette des toiles d'araignée dans la tête. Et cela, nous n'en voulons à aucune prix, n'est-ce pas ?

— Euh, non aucune, bien sûr…

Il y eut un silence gênant. Comment se montrer polie envers cette personne à l'apparence assez ridicule, se demandait Alice, alors que je me suis introduite sur sa propriété et qu'elle refuse d'écouter mon histoire ? Peut-être devrais-je m'éclipser. Elle décida néanmoins de tenter une dernière et timide approche.

— Puis-je vous demander comment vous êtes devenue UNE Œuf ?

— C'est très simple, sachez que je l'ai toujours été. Ici, dans **cette** jardin, tout est « une ». C'est très logique, n'est-ce pas ? Ce sont les femmes qui fabriquent **la** monde. Les postières, les professeures, les chapelières, les cuisinières, les chauffeuses de bus et de trains, les égouttières, les avocates, les jugesses, les ornithologuettes, les cueilleuses de champignons et les maîtresses-nageuses ! Et d'ailleurs, c'est bien LA poule qui pond **LA** œuf ? Si vous ne savez pas cela, vous êtes totalement analphabète !

— Oh non, s'empressa de préciser Alice, je sais lire et écrire, je…

— Là n'est pas la question, je ne vous parle pas de vulgaires livres de classe, je vous parle de savoir lire **LA** monde. Ainsi, voyez-vous, moi je suis tout à fait alphabète.

— J'en suis ravie pour vous, vous avez beaucoup de chance, répondit Alice, qui ne savait pas du tout où cette conversation allait la mener. Elle commençait à avoir un besoin vraiment urgent d'une tasse de thé.

— Venez, chère enfant, je vais vous faire une visite privée de ma jardin de simples.

À ces mots, l'Œuf sauta au bas du mur, atterrit dans l'humus, se retint à un buisson de groseilles et se redressa, le tout sans se casser. Alice eut une peur rétrospective à l'idée de ce qui aurait pu lui arriver.

Puis l'être ovoïde fit signe à la fillette de la suivre et, en se dandinant assez inélégamment, c'est ce que pensa Alice, elle se dirigea vers les parterres. Alice lui emboîta le pas.

— Voyez, dit l'être en écartant des feuilles, j'ai ici de la sauge, *Salvia officinalis alphabetalis*, une merveille pour soigner les imbéciles qui refusent de féminiser les mots, infusion à prendre chaque jour à la coucher tout en lisant une page de la dictionnaire. Et ici j'ai de la lavande, *Lavandula benefaciens, idonea quae mares aliquos hortetur, ut feminarum verecundiam habeant,* souveraine pour encourager certaines mâles à être courtoises avec les personnes de sexe féminin, quelques gouttes d'huile essentielle juste avant d'être présentée à des femmes.

Alice écoutait avec attention les explications de l'Œuf.

— Et ici ? demanda-t-elle en se penchant sur un parterre de petites fleurs qui ressemblaient à des marguerites.

— Ici, c'est de la camomille, *matricaria Chamomilla, quae hortatur mulieres ad operosam vitam agendam gratissime*, une remède très efficace pour aider les mères à s'autoriser à travailler et à y trouver de la plaisir lorsqu'elles ont des enfants.

— Et là ?

— De la thym, *Thymus quo utuntur ut puellae sibi confidant*, recommandé pour faire croître la confiance en elles des fillettes.

— Ce ne serait pas de trop, si vous me permettez cette remarque, fit Alice.

— Heureuse de vous l'entendre dire. Quelques brins à mâchonner dans la journée. On peut aussi s'en mettre dans les oreilles, afin d'éviter d'entendre les remarques sexistes de l'entourage.

— Et là, cette plante curieuse ?

— De l'arnica, *Arnica efficax in sanandis ictibus et suggillationibus ab altero sexu inflictis*, très efficace pour soigner les coups et bleus à l'âme infligées par l'autre sexe.

— Et ça, ce sont des roses, bien sûr, dit Alice, contente d'identifier au moins une variété de plantes.

— En effet, *Rosa, mulieris sexus symbolum, et remedium muliebrium aegritudinum*, une merveille de remède pour prendre soin de l'intimité, la soigner et lui conférer force et confiance. C'est aussi très bon en marmelade sur des toasts !

Alice rougit légèrement et se dit qu'elle opterait plutôt pour le second usage. Après d'autres découvertes du même genre, l'Œuf et la fillette étaient arrivées au bout du jardin médicinal. Quelques arbres fruitiers égayaient le fond de l'enclos. L'Œuf s'approcha d'un pommier noueux et cueillit une petite pomme verte.

— Voici une pomme, *Malum quod puellas memorat semper vigilare*, un fruit merveilleux pour faire des compotes, des tartes, et accessoirement pour aider les jeunes filles à se rappeler d'être vigilantes !

Et l'Œuf lança brusquement la pomme sur la tête d'Alice qui poussa un cri perçant.

— Bonne chance, jeune fille, ne vous contentez pas de peu. Les plus belles pommes sont celles de l'esprit, pas celles que l'on nous donne à voir. Salutations.

Sur ce, l'Œuf fit à Alice un petit signe de la main et tourna les talons. Elle repartit en se dandinant vers la portion de mur où la fillette l'avait trouvée assise au début de leur rencontre. Puis s'aidant d'un espalier elle y grimpa, et s'y assit à nouveau.

Alice se massait le crâne à l'endroit où la pomme avait atterri. Elle avait à présent une grosse bosse. Quel drôle de personnage ! Je ne suis pas sûre de comprendre son histoire de pommes de l'esprit. C'est peut-être du charabia ! Tout de même, se dit-elle, il n'est peut-être pas indispensable d'assommer les gens pour leur faire entrer des notions dans la tête ! Ou peut-être si, justement. Il est évident que je n'oublierai pas cette leçon-là de sitôt... Heureusement qu'à l'école le lancer de pommes n'est pas pratiqué pour obliger les élèves à mémoriser les cours. Je suis sûre que ça n'aurait pas déplu à ma maîtresse de l'année dernière...

Alice et l'Œuf alphabète

Frottant toujours sa bosse crânienne, Alice sortit de l'enclos et se retrouva sur un chemin de terre. Le problème du goûter salvateur n'était toujours pas réglé. Et nul salon de thé à l'horizon.

La Femme qui marche et qui pose

Alicia est étudiante. Elle se met à arpenter la ville, ses cours ou son carton à dessin sous le bras. Elle suit deux cursus à la fois et prend, en plus, des cours de dessin pour le plaisir.

Elle marche dans les rues de la ville, dans les couloirs du métro, les correspondances, en bottes, en jupe, en pantalon, en baskets, en talons, parfois elle est une femme, parfois elle n'est qu'un être humain sans distinction de sexe, parfois elle se sent un homme, elle aimerait avoir la liberté des hommes, leur pouvoir surnaturel d'aller où bon leur semble, au-devant des aventures les plus folles, en toute sécurité. Ce rêve d'un pouvoir masculin infuse et colore son ressenti de femme, comme une encre pernicieuse, et l'embarrasse. Il rend sa lecture du monde confuse.

Le soir, lorsqu'elle rentre tard d'un dîner ou d'une fête, seule dans la nuit, remontant des boulevards vides, ralliant une station de métro déserte, attentive aux bruits de pas qui pourraient la suivre, la prendre en chasse, ou aux silhouettes embusquées dans les recoins sombres, aux quolibets chuchotés et rauques, elle enrage d'être ramenée à sa biologie, de se vivre comme une proie potentielle, elle a des envies de meurtre. Souvent, elle est submergée de honte. Comme toutes les femmes, elle échappe de justesse à plusieurs tentatives d'agression, harcèlements d'une banalité consternante. Rien n'a changé, au fond, depuis ses dix ans.

Un jour, son professeur à l'académie de la Grande Chaumière lui fait remarquer que son visage, ses traits, son profil conviendraient sans doute à un de ses amis, un peintre assez connu. Elle pourrait poser pour lui, et elle serait payée. Il la recommande à cet ami. Alicia accepte.

Quelque temps plus tard, la jeune femme sonne à la porte d'un atelier dans les beaux quartiers. Le peintre lui ouvre. Ils font connaissance. L'artiste s'extasie de la ressemblance entre ses traits et ceux de ses personnages habituels, et lui montre ses toiles, des portraits de femmes peints dans un style impressionniste ou fauviste, c'est selon.

Alicia refuse de se montrer nue. C'est donc en vêtements légers, caracos en soie, bustiers à bretelles, qu'elle posera pour le peintre. Elle devient un modèle, une muse, même. C'est un ressenti assez étrange, inattendu. Séance après séance, elle assiste, fascinée, à la fabrication de l'œuvre de l'artiste, à ses essais, ses doutes, ses repentirs. Elle le voit jeter à grands traits de fusain, sur la toile de lin enduite, les principales lignes du dessin. Elle l'observe construire la composition. Puis inscrire les lignes du visage, des mains, du décor. Poser ensuite les premiers aplats de couleurs à l'huile très diluée à la térébenthine, en une mosaïque encore abstraite. Puis revenir dessus, la semaine suivante, pour les détails, avec ses pinceaux chargés de couleur plus riche en pigments, plus éclatante. Le peintre se sert du visage d'Alicia, le transforme, l'adapte. Le revêt d'une personnalité légèrement autre.

Les femmes qu'il représente sont toutes de la même eau, des créatures rêveuses, pensives, seules, accoudées à une balustrade, leur profil tourné vers la mer, ou assises à une table sous des frondaisons, dans un parc. Parfois des cavaliers passent dans le lointain, comme des visions, peut-être des rêves sexuels. Elles portent souvent des chapeaux, de grandes capelines qui ombrent leur regard, le dissimulent, le cachent pour mieux le faire deviner. Ce sont des femmes passives, qui ne font rien qu'attendre, rêver, imaginer une rencontre, qui sait ? Il semble à Alicia qu'elles sont surtout un rêve d'homme. Un fantasme élégant, inaccessible, à la fois incarné et fuyant. Un idéal, sûrement. Quelque chose qui se refuse.

Cette peinture est troublante. Alicia en saisit les aspects contradictoires. Elle est flattée mais embarrassée d'inspirer ce genre de choses. Elle a du mal à se reconnaître dans ces personnages ambigus. Elle se sent pourtant honorée d'être admise au cœur de cette fabrique picturale. D'en être l'initiée, la complice. Elle est tout autant gênée de participer à l'élaboration d'un rêve décidément très masculin. L'artiste lui vole-t-il son âme ?

Parfois le peintre est las, il manque d'idée, d'inspiration. Il a l'impression de faire toujours la même chose. Et pourtant, il sait que c'est ce qu'attendent de lui sa galerie, ses clients, ses collectionneurs dans le monde entier. Il demande alors à Alicia de changer de pose, de chercher avec lui quelque chose qui puisse l'inspirer. Une attitude, un geste. Il reprend des toiles déjà faites qui sèchent contre le mur, les compare les unes avec les autres, se demande ce qu'il pourrait inventer de neuf. Il exige son avis sur telle forme, tel aplat de couleur, tel ombre. Et le chapeau ? Comme ci ou comme ça ? Et le profil ? Et le buisson de fleurs ?

Un jour il lui propose même de prendre le pinceau et de peindre devant lui ce qu'elle lui suggère, d'intervenir sur la toile. Elle s'exécute, troublée. Elle est un peu une artiste aussi, après tout, jeune, certes, mais elle sait peindre, elle a un œil. Elle est son inspiratrice, sa complice, mais elle doit cependant rester à sa place de modèle, elle le sait.

Parfois elle sort d'une après-midi de pose avec la tête qui tourne. Ce sont les émanations de la térébenthine. Mais il y a autre chose, aussi. Elle se rhabille, prend le billet que l'artiste lui tend, l'embrasse, lui sourit, lui dit à bientôt et sort de l'atelier. Elle dévale l'escalier de l'immeuble cossu, heureuse de retrouver sa liberté de mouvement, tout en repensant aux visages idéalisés sur toutes ces toiles. Des figures stupides, dirait Varvara en se moquant. Non, rétorquerait Alicia, elles sont le visage du mystère du désir, je suppose, de l'attente. Elles sont l'éternelle question de ce qui frémit entre les hommes et les femmes. Elle a les tempes qui pulsent, elle est soudain lasse, il lui faut rentrer vite pour travailler à ses cours et retrouver Tristan.

Dehors, entre le beau quartier du peintre, son domicile à elle, les deux facs, l'académie, l'appartement de Tristan, elle redevient une jeune femme qui arpente la ville, qui marche dans les rues bruyantes et la circulation, qui court pour attraper son bus, et qui parfois trébuche sur ses petits talons ou s'agace de sa jupe entravée. Elle est pressée, mais ne sait pas où elle va.

Elle n'a aucune idée de comment une femme doit inventer sa vie.

La Grande Bataille

Alice entendit soudain un grand fracas d'armes et de ferraille. Elle sursauta. Ne sachant de quelle direction venait le bruit, elle courut se cacher derrière un grand châtaignier et attendit, le cœur cognant dans sa poitrine.

Bientôt elle vit apparaître des soldats sur la gauche et des soldates sur la droite, chacun arborant des couleurs différentes, rouge pour les femmes et bleu pour les hommes. Les hommes portaient des couvre-chefs étranges, on aurait dit des chevaux en paille montés par des bibendums musclés, et les femmes étaient coiffées de poupons braillards assis dans des marmites.

Drôles de casques, se dit Alice. Je ne vois pas comment ces chapeaux pourraient protéger ces soldats des coups ou des balles sur le champ de bataille. On dirait plutôt des chapeaux de carnaval ! Et malgré la gravité de la situation, car elle comprenait que la guerre venait d'être déclarée par quelqu'un, quelque part, elle ne put s'empêcher de rire toute seule.

Chaque armée s'arrêta à l'orée d'une sorte de clairière. Puis elle perçut un grattement de pas précipités et reconnut la Lapine Blanche qui débouchait avec sa trompette, sa fraise amidonnée autour du cou et des poulaines aux pieds. Le léporidé déroula son rouleau de parchemin et lut avec solennité la chose suivante :

— Sa Majesté le Roi déclare que la guerre sera officiellement repoussée d'un quart d'heure. Sa Majesté désire auparavant s'adresser à son peuple. Qu'on se le dise !

Puis elle joua quelques notes inharmonieuses. On entendit un roulement de tambour un peu plus loin, et le Roi apparut sur son cheval blanc magnifiquement caparaçonné et harnaché, flanqué de la Reine et d'une longue compagnie de courtisans. Un grand silence se fit. On entendit parler les mouches (elles discutaient du temps qui était à la pluie). Enfin, le Roi toussota et prit la parole :

— Peuple de l'Autre Côté du Miroir, les hommes et les femmes de ce pays se font la guerre depuis des temps immémoriaux. Afin que cessent enfin les hostilités, je propose qu'une des forces en présence quitte sur-le-champ le royaume et laisse à l'autre la place.

— Absurde, s'interposa la Reine. Je propose le contraire. Qu'une des forces en présence s'en aille et laisse la place à l'autre.

— C'est exactement ce que j'ai proposé, Très Chère, rétorqua le Roi.

— Oui, mais il faudrait s'entendre sur celle qui reste et celle qui part !

— Que ce soit les hommes qui restent, naturellement. Les femmes ne sont que des fauteuses de trouble, des hystériques, elles transforment la moindre situation en foire, dit le Roi.

— Au contraire, que les hommes partent et que les femmes restent. Les hommes sont de sinistres brutes responsables d'une arriération généralisée et d'innombrables bains de sang, dit la Reine.

— Alors je propose que les femmes soient des brutes et les hommes des hystériques.

— Et que tout le monde s'en aille.

— Excellent, annonça le Roi. Voilà qui me paraît équitable et propre à assurer la paix du royaume.

— Mais alors, demanda la Reine, la bataille doit-elle avoir lieu ?

— Mais certainement, Très Chère, nous ne pouvons renoncer à nos traditions.

— Dans ce cas, qui doit la remporter ?

— Mais les hommes bien sûr !

— Pardonnez-moi, mon ami, mais ce serait envoyer un mauvais signal au camp adverse.

— Alors que proposez-vous ?

— Que les femmes gagnent cette guerre. Et après nous leur ferons couper la tête.

— Mais nos hommes seront affreusement mécontents ! Et humiliés, par-dessus le marché !

— Il me semble que nous sommes revenus à notre point de départ.

— Je ne vous le fais pas dire. C'est fâcheux...

Un ange passa. La Reine consulta sa montre.

— Que diriez-vous d'un thé, mon ami ? Je crois bien qu'il est l'heure.

— Volontiers, dit le Roi.

Toujours juché sur son cheval, le souverain se tourna vers sa messagère, la Lapine Blanche :

— Faites savoir que notre décision est ajournée. Nous nous réservons le droit d'y réfléchir encore.

— Bien, Sire, dit la Lapine. Et la bataille ?

— Également.

— Que dois-je dire aux forces en présence ? demanda le royal rongeur.

— Qu'elles se débrouillent pour cohabiter encore un peu. Cela ne peut être si sorcier que ça, que diable !

La Lapine fit une moue dubitative et courut voir une délégation, puis l'autre pour les prévenir de l'ajournement des combats.

Alice avait tout écouté et observé depuis sa cachette derrière le grand arbre. C'est bien ce que je pensais, se dit-elle, c'est carnaval.

Reculant sans faire de bruit pour ne pas risquer d'être vue, elle sortit de son bosquet de châtaigniers sur la pointe des pieds et retrouva le sentier. Elle se sentait morose et vidée.

Les Autolivres

Alicia étudiait une langue, puis une autre langue. Son désir de parler toutes les langues de la terre venait sans doute de l'impression que c'était la plus sûre façon de se rapprocher des secrets du monde, de les dévoiler. Elle aurait aimé recevoir du ciel le don de tous les idiomes, comme les apôtres, lors de la Pentecôte, cette fête qui d'abord fut juive et s'appelait Chavouot. Comme le feu du buisson ardent sur le Sinaï, les langues de feu descendirent sur les Douze et leur donnèrent le pouvoir de s'adresser à tous les peuples, dans toutes les langues. Comment vivre sur cette terre sans parler, sans comprendre, sans savoir ?

L'écriture, elle, lui semblait le plus paradoxal des langages. Car écrire s'adressait d'abord à soi-même, pensait-elle, avant de parler aux autres, à ceux qui vous liraient. Une sorte d'*autolangage* qui ne déparerait pas chez *Alice de l'autre côté du miroir*. C'était comme si on écrivait des livres que l'on s'offrait ensuite à soi-même. Mais quoi écrire ? Elle ne le savait pas.

Un jour, elle apprit qu'une fille qu'elle connaissait venait de signer un contrat chez un éditeur. Elle resta songeuse. Elle fut étonnée de l'emprise qu'eut sur elle cette information. Pourquoi cette jeune personne était-elle l'élue ? Pourquoi Alicia n'était-elle pas celle-là ? Ne parvenant plus à se concentrer sur aucune de ses tâches, elle alla marcher toute une journée sur les quais de la Seine. Peut-être l'eau verte et glauque, le mouvement puissant du fleuve lui donneraient-ils une réponse à cette question honteuse, confuse, une interrogation dont elle ne comprenait même pas la nature. Car pourquoi écrire ? Et qui étaient ceux qui écrivaient ? Des élus ? Des damnés ? De pitoyables poètes souffrants ou d'admirables gagnants d'une loterie incompréhensible ? Comment pouvait-on se comparer, oser s'approcher des immenses écrivains que l'on avait côtoyés, admirés, portés au pinacle toute une jeunesse durant ? Et puis, la plupart n'étaient-ils pas des hommes ?

C'est en trouvant un matin l'annonce d'un concours de nouvelles dans un journal qu'elle se décida. Ses interrogations s'envolèrent, ou du moins la plus grande partie d'entre elles, ce fut aussi simple que cela. En quelques jours, à grand renfort de chocolat et de thé, penchée sur son petit bureau, dans son minuscule appartement, elle rédigea une histoire. Elle en fut relativement satisfaite, émerveillée même qu'autant de choses inattendues et même sensées lui sortent des tripes, du cœur. Une fois la nouvelle terminée, elle ne l'envoya pas, mais l'envie et l'audace, seules réponses à ses questions lancinantes, étaient nées. Avait-elle été traversée par les langues de feu ? Les livres qu'on écrivait permettaient-ils de toucher tous les hommes – TOUTES les hommes, dirait l'Œuf Alphabète ? Constituaient-ils une sorte de langage universel ? Permettaient-ils de s'adresser au monde ? Ou seulement de briller dans les cocktails ? Et que pouvait-on écrire qui n'ait déjà été mille fois écrit ?

À présent commençait la bataille avec soi-même, la grande bataille, celle à laquelle on s'obligeait à aller tous les jours, devant une simple feuille de papier. Cela n'avait pas forcément de sens, se dit Alicia, c'était sans nul doute un combat un peu absurde, un combat auquel personne ne vous obligeait, mais c'était comme ça. Écrire, travailler, batailler, écrire encore.

Qu'on leur coupe la tête ! aurait doctement suggéré la Reine afin de mettre un terme à tout débat.

La Reine Alice

Alice marchait sur un petit chemin et se disait qu'elle se verrait bien Reine. Ainsi elle pourrait entreprendre ce que bon lui semblerait, et se faire enfin porter ce thé et ces gâteaux qui lui faisaient tant envie. Elle pourrait écrire ses propres lois, comme celle qui obligerait les chats à ronronner dès qu'on entamait une discussion avec eux, ou les chapeliers à ne pas mentir effrontément. La loi sur la croissance des filles permettrait que ce soit un processus agréable et harmonieux, ponctué de découvertes fascinantes et de pique-niques amusants en compagnie de gens passionnants, gais et bien élevés. Alice n'aurait plus besoin de se demander si elle était une fille ou un garçon, et de se fatiguer avec tous ces questionnements sans réponse et qui n'apportaient que des angoisses. Ils n'auraient plus la moindre espèce d'importance, car elle serait libre de se lancer dans n'importe quelle aventure sans rien demander à personne.

Elle chemina et finit par arriver à un croisement avec une autre route. Sous un arbre, assise à une petite table de bistrot, se trouvait une jeune fille qui semblait écrire sur un mince ordinateur portable. Comme c'est curieux, se dit-elle, de se mettre précisément là, à un carrefour, pour travailler. Elle risque de se faire renverser par un des chevaliers du Roi, ou un des combattants que j'ai vus un peu plus tôt. Sans parler du dangereux Sabreloqueux ! Je me demande ce qu'elle écrit. Peut-être fait-elle un reportage ? Mais il n'y a strictement rien ici qui mérite qu'on s'arrête pour le décrire. C'est bizarre.

Alice s'approcha sans faire trop de bruit et s'arrêta à distance respectable de la fille. Elle la dévisagea. La personne était jeune, elle semblait avoir une vingtaine d'années et quelques poussières. Le visage baissé sur son écran, l'air concentré, elle laissait ses doigts aller et venir sur le clavier en de longues lignes chargées. Régulièrement, elle revenait en arrière pour corriger un mot ou une phrase entière. Une grande mèche de cheveux lui tombait sur les yeux. Elle ne semblait pas avoir vu la fillette arriver.

Soudain un hennissement fit sursauter Alice et lui fit tourner la tête dans la direction du bruit. À quelques mètres de là se tenait un cheval tacheté, attaché à un arbre et lourdement chargé d'objets hétéroclites, qui broutait les feuilles d'une haie. Il manifestait son mécontentement d'être ainsi empêché de bouger à sa guise. La fille leva la tête et aperçut Alice.

— Oh, fit-elle, comme sortant d'une sorte de stupeur, je ne vous avais pas vue.

— Il n'y a pas de mal, c'est moi qui aurais dû m'annoncer. Mais votre cheval m'a fait peur.

— N'ayez crainte, cette vieille bête aime exprimer ses états d'âme.

Alice regarda à nouveau dans la direction de l'animal. Il était en armure et harnaché comme pour une bataille, et supportait une machine à écrire, des gros dictionnaires, des livres. Une vraie bibliothèque ambulante. Elle fit une petite moue.

— Si j'étais vous, je le soulagerais un peu de tout ce... ce... bazar.

Alice regretta aussitôt ce mot un peu vexant et se tortilla, mal à l'aise. La jeune personne la regarda, l'air grave.

— Impossible, il m'accompagne, c'est comme ça, fit-elle. Mais vous, qui êtes-vous ?

— Oh, j'aurais dû me présenter, je suis Alice.

— Ravie de faire votre connaissance, dit la fille, Alicia.

Alice s'approcha d'Alicia et elles se serrèrent la main.

— Puis-je vous demander ce que vous faites ici, à ce carrefour ? Ce doit être très peu pratique pour écrire.

— Au contraire, c'est exactement le genre d'endroit où il faut se mettre. Il s'y passe toujours quelque chose. Voyez, nous nous sommes rencontrées.

— Vous le saviez ? Que nous allions faire connaissance ici ?

— Disons que je me tiens prête à toute éventualité. J'accueille ce qui vient.

Alice resta silencieuse un instant. Elle ne savait pas très bien comment participer à cette conversation inhabituelle. De plus, elle commençait vraiment à ressentir de la fatigue.

— Puis-je vous demander ce que vous faites sur cette route ? demanda Alicia.

— Oh, c'est une longue histoire. J'ai eu beaucoup d'aventures, certaines agréables, mais d'autres assez absurdes. Il y a eu la Lapine Blanche, la Chenille, le thé chez le Chapelier Fou, on a voulu me couper la tête... Disons qu'actuellement, j'aimerais devenir reine.

— Reine ? Quel genre de reine ?

— Pas une de celles qui passent leur temps à exécuter les gens, non. Une reine qui a toute liberté de faire ce qu'elle veut. Courir le monde, avoir des aventures, que sais-je, comme les garçons, vous voyez ? Car il n'y a que les rois et les reines et les garçons qui puissent le faire, non ?

L'Écrivaine sembla réfléchir. Puis elle se pencha et prit une des feuilles de papier posées en tas par terre, et se mit à la plier et à la découper avec soin. L'opération dura quelques minutes. Alice, pendant ce temps, s'assit sur une souche pour soulager ses pieds. Elle laissa son regard gyrovaguer ici et là et se mit à examiner le cheval qui broutait paisiblement les feuilles tendres de la haie, son harnachement tanguant dangereusement sur son dos.

— Tenez, dit soudain la voix d'Alicia. Voici votre couronne.

Alice leva les yeux et vit qu'elle lui tendait une couronne de papier blanc sur laquelle elle avait dessiné, à l'encre bleue, des arabesques, des fleurs de lys et des pierreries chatoyantes. Le résultat était très satisfaisant.

Alice se leva, émue.

— Approchez, dit l'Écrivaine, qui se mit debout à son tour, je vais vous couronner.

Alice se tint très droite et ne bougea pas tandis que la fille lui posait solennellement la couronne de papier sur la tête.

— Alice, prononça l'Écrivaine, par les pouvoirs qui me sont conférés, je vous fais ce jour, et pour toujours, Reine. Allez où bon vous semble, n'ayez jamais peur. Et suivez votre cœur.

C'est ainsi qu'Alicia fit d'Alice une reine afin qu'elle puisse courir le monde, comme les garçons.

Comme Alice, instinctivement, cherchait un miroir pour s'y admirer, la fille en sortit un petit d'une trousse posée sur la table et le lui tendit. Alice s'y mira et, ma foi, très satisfaite, la remercia et le lui rendit. Puis elle sentit qu'il était temps de laisser l'Écrivaine travailler et pour elle de vaquer à ses aventures de reine, alors elle la remercia et, la laissant reprendre son travail d'écriture sous son arbre, elle se remit en route. Un hennissement du cheval-bibliothèque salua son départ.

Tout en cheminant sur le petit sentier parsemé d'herbes folles, elle sentait le poids léger et agréable de la couronne de papier sur sa tête. Au fond, se dit-elle, tout est bien qui finit bien, grâce à ma couronne je vais pouvoir courir le monde et je vais donc pouvoir rentrer à la maison, de l'autre côté du miroir. Et demander qu'on me serve mon thé. Il me suffit seulement de retrouver le chemin.

Quelques minutes plus tard, elle parvint à l'orée d'un grand pré. Elle aperçut toute une compagnie qui pique-niquait sur une vaste nappe, et surtout les deux reines, la Reine de Cœur et la Reine Blanche. Elle hésita à s'approcher. Devait-elle saluer Leurs Majestés et se faire connaître en tant que Reine, elle aussi, ou plutôt passer son chemin et se dépêcher de retrouver la porte du miroir ? Elle n'eut pas le temps d'y réfléchir très longtemps, car la Reine de Cœur la vit et se mit à crier :

— Venez ici, jeune fille, et asseyez-vous à côté de nous pour profiter du royal pique-nique !

Alice s'approcha à contrecœur, fit une révérence à chacune des reines, marmonna quelques politesses et s'assit sur un coin du drap, entre les deux souveraines.

— Parlez plus fort lorsque vous vous adressez à des supérieures, intima la Reine, on ne marmonne pas dans sa barbe.

— Crime de lèse-majesté ! hurla un convive, qui se trouvait être un crapaud.

— Taisez-vous, qu'on lui coupe la tête ! hurla la Reine.

Voilà que ça recommence, se dit Alice, découragée. Elle coula un regard inquiet vers la nappe étalée sur l'herbe du pré, couverte de vaisselle et de victuailles. Peut-être resterait-il une part de tarte et une tasse de thé ?

— Mais, que vois-je ? s'exclama la Reine Blanche, vous portez une couronne ?

— En effet, Majesté, répondit fièrement Alice en touchant sa tiare de papier décoré, je viens d'être couronnée.

— Toutes mes félicitations ! Comment s'est passé le couronnement ?

— Euh... Fort bien, ce fut une cérémonie très simple.

— Vous avez invité le ban et l'arrière-ban, j'espère, s'enquit l'autre Reine.

— C'est-à-dire, je...

— Cessez de bafouiller et de vous tordre les mains, dit la Reine, ou je vous fais couper la t... Ah, eh non ! Je ne peux plus puisque vous êtes des nôtres ! Au temps pour moi ! Eh bien reprenez un peu de rôti ! ajouta-t-elle en désignant un plat rempli de viande fumante.

— Je ne peux pas en reprendre puisque je n'en ai jamais pris, fit remarquer Alice, usant d'une logique imparable. En revanche, je veux bien une part de ce gâteau au chocolat...

— Ne dites pas d'absurdités, il n'y en a pas. Il n'y en a jamais eu. Depuis le début il n'y a rien, rien que de la fumée et des rêves. Tout ceci est une mascarade !

— Mais, dit Alice, que la situation commençait d'agacer, je suis une Reine, moi aussi, je porte une couronne, et j'exige qu'on me serve une part de ce gâteau ! Et une tasse de thé !

À ces mots, un grand silence se fit et tous les yeux se tournèrent vers elle. Alice reconnut autour de la table la Lapine Blanche avec sa fraise amidonnée et sa montre de poignet, le Chapelier Fou et son chapeau tromblon vert moisi, le Lièvre de Mars, le Loir dans la Théière, qui était cette fois-ci dans une soupière, la Chenille qui avait posé son narguilé sur l'herbe et l'observait de dessous ses lourdes paupières ombrées, le Griffon, la Duchesse, toujours aussi hideuse, le Bébé, qui dormait contre un chou-fleur, la Œuf dodue, et tous les autres personnages croisés lors de ses aventures. La Lapine se leva soudain et, montrant le Grand Sablier sur son coussin de velours, ordonna :

— Par le sablier royal, il est l'heure de la Grande Métamorphose ! Ordre de la Reine !

Tous applaudirent frénétiquement.

— Mais j'ai une couronne ! cria Alice. C'est moi la Reine !

— Ne soyez pas ridicule, ma petite, dit la Reine de Cœur, faites ce que l'on vous dit. Ne croyez pas que vous allez pouvoir faire ce qui vous chante. La vie n'est pas un chemin de roses.

Alice, soudain, n'en put plus. Elle sentit son visage s'empourprer, sa gorge se dessécher. Ses poings se crispèrent, sa couronne tomba sur le sol. Alors elle se pencha, empoigna la Reine par les épaules, et se mit à la secouer comme un prunier, encore et encore. Et plus elle la secouait, plus la scène devenait floue, plus le paysage s'estompait et plus les invités se dissolvaient, comme des cristaux de sucre dans de l'eau, dans la lumière éclatante de cette après-midi de printemps.

Soudain, elle sentit qu'elle ne secouait plus rien du tout. Ses mains étaient vides.

— Voilà qui est rondement mené, fit une voix douce et moqueuse au-dessus d'elle. Félicitations.

Alice leva la tête et vit le sourire de la Chatte-du-Loir-et-Cher se dessiner dans les frondaisons d'un grand noyer. Une seconde, ou deux tout au plus, son corps apparut également, puis s'effaça, ne laissant que le sourire, suspendu entre les feuilles, ses dents brillant comme de petites opales précieuses.

— Ça alors ! Attendez-moi ! s'exclama Alice, attendez !

Puis elle ne se rappela plus rien.

La Promesse du miroir

Alicia était étendue sur son lit. Elle avait interrompu le cours de ses révisions, posé ses notes sur l'édredon en patchwork à côté d'elle, et elle jouait avec son chat tigré roux et blanc. Elle s'amusait à agiter au-dessus de sa tête un fil au bout duquel elle avait fixé une plume de pie, aux reflets bleus et verts changeants, trouvée dans la rue le matin même. Le chaton sautait haut pour attraper la rémige, et retombait souplement parmi les feuilles éparses, puis bondissait à nouveau. Alicia l'observait, alanguie et rêveuse.

Les hommes, se disait-elle, qui sont-ils ? De quel antédiluvien peuple de béhémoths descendaient-ils ? De quelle armée de titans d'avant la civilisation ? Ils n'étaient pas tous mauvais, pourtant. Beaucoup étaient intelligents, brillants, même, amusants, doux, leur peau était enivrante, ils sentaient parfois bon. Certains étaient de merveilleux amants, de délicieux compagnons, pétillants d'esprit, de culture, de savoirs, de délicatesse. Et puis leurs bras étaient forts, un refuge bouleversant, leurs corps un mystère, une urgence, leur désir impérieux vous mettait la tête à l'envers.

Pourquoi pouvaient-ils être aussi monstrueux ? Des guerriers, des harceleurs, des assassins. Des brutes sanguinaires, des tyrans testostéronés gorgés de haine, ou des médiocres dociles et obéissants, au sadisme débridé. Se pouvait-il que ce soit juste une histoire d'hormones ? De biologie ? Pourquoi chaque culture humaine avait-elle produit son lot de monstres ? Aucune n'avait dérogé à la règle.

Alicia jeta le jouet à plume sur le sol pour que son chat aille batifoler plus loin. Elle s'étira. Il était vraiment curieux que le genre humain se divise en deux genres aussi différents, pensa-t-elle, avec au milieu quelques êtres fluides et indécis, des Janus indéterminés, touchants, forts ou blessés. Deux genres dont l'un pouvait en permanence attaquer l'autre. Le tuer. Quelle mystérieuse décision avait présidé à l'existence des « Hommes » ? Qui avait bien pu imaginer une organisation de ce type, aussi imparfaite, si inefficace ? Aussi loin qu'on remontait, les enjeux étaient les suivants : un homme mourrait souvent sur le champ de bataille. Une femme mourrait souvent en couches en donnant la vie. Le pari commun était la survie et la perpétuation de l'espèce. Mais les femmes mourraient aussi aux mains des hommes. Ou si elles ne mouraient pas, elles étaient violentées, violées, battues, vitriolées. Niées. Un principe fondateur, un Grand Dessein intelligent pariant sur un équilibre, une harmonie des contraires et des énergies, Héraclite toujours !, ou le Yin et le Yang des Chinois, se dit-elle, avaient décidé de cela.

Nul ! soupira Alicia en se retournant sur son lit. Ses pensées n'étaient pas très affûtées. Elle avait l'impression de flotter dans une brume de paresse et d'ennui et n'avait aucune envie de retourner à ses révisions. Il lui semblait cependant confusément que les femmes avaient davantage intérêt à comprendre la marche du monde, afin de ne pas s'y brûler les ailes, pour ne pas succomber. D'ailleurs, les femmes étaient souvent plus perceptives – elle repensa à son amie Rivke –, elles comprenaient intuitivement les enjeux de l'existence.

Elle prit sur sa table de chevet le gros volume illustré contenant *Alice au pays des merveilles*. Elle le feuilleta. Rendons grâce à Lewis Carroll, se dit-elle, d'avoir créé le personnage d'une fillette qui, contrairement à ses congénères de l'époque, se lance à corps perdu dans des aventures, explore, expérimente, questionne, philosophe. UNE FILLE QUI PENSE.

Elle relut les derniers chapitres d'*Alice de l'autre côté du miroir*, la deuxième partie du livre. Autant la première partie était éblouissante de drôlerie, de cocasserie, autant la deuxième, celle du Miroir, lui laissait-elle un goût d'inachevé, d'inaccompli. Elle ne tenait pas toutes ses promesses. Le monde de l'autre côté du Miroir n'était pas inversé. Il n'était pas si différent de celui des Merveilles, où absurde et poésie tenaient le haut du pavé. Il en était juste une continuité. Et tout n'y apparaissait pas la tête en bas. Aucune révélation. Alors, à quoi servait-il ?

Elle attrapa sur son bureau le petit miroir qui lui servait parfois à se remaquiller en vitesse avant un rendez-vous. Elle se contempla dedans. Son visage était-il réel ? Y avait-il quelqu'un derrière ? Ou n'était-il qu'une illusion, l'hologramme plat d'un être immatériel, sans épaisseur, sans réalité. La Chenille, au milieu de la fumée bleutée et odorante, hypnotisante, de son narguilé, demandait à Alice : *WHO ARE YOU ?* et la sommait de se définir elle-même. Tout n'était-il donc que fumée, vent ?

Alicia se dit que ce visage, le sien, était celui d'une femme, une femme parmi d'autres femmes, qui allait devoir se débrouiller seule pour explorer le monde, tâcher d'y vivre, d'y aimer, d'y créer quelque chose dans les spasmes, les frissons et les sanglots, dans la volupté et l'angoisse, avant de le quitter sans y avoir rien compris. Ou au contraire, peut-être y comprendrait-elle justement quelque chose. Les femmes seraient-elles mieux armées pour cela ? Possédaient-elles une qualité particulière qui les rendrait poreuses aux secrets du vivre ?

Car quelle était la promesse du miroir ? Qu'il y avait quelque chose de l'autre côté ? Une autre dimension à la vie ? Comme ce que suggéraient les glaces anciennes du Klementinum de Prague, qui exprimaient, dans leur verre usé et leur tain piqueté et taché comme de vieilles et mystérieuses cartes marines, qu'elles étaient la porte vers les autres plans de l'être, ceux d'où nous venions, ceux qui nous attendaient ?

Alicia soupira. Tout ce tricotage de cerveau ne servait à rien. Car c'était une constante de l'existence, elle le savait déjà, les promesses n'étaient jamais tenues.

Qui a rêvé quoi ?

Alice s'était réveillée chez elle, sur le tapis persan près de la cheminée. Son chaton roux jouait près d'elle avec une plume de pie noir et vert bleuté, aux reflets irisés, comme une tache de pétrole ondoyant sur l'eau, qui était entrée dans le salon, poussée par une brise venue du jardin. Elle se demandait comment elle, Alice, avait bien pu revenir de son expédition et redescendre de la cheminée, une fois le miroir passé, sans s'en apercevoir.

Elle se mit à genoux et rampa jusqu'au guéridon sur lequel se trouvait un jeu d'échecs. Il était tout dérangé. Les pions s'étaient déplacés et occupaient des cases qui n'étaient pas les leurs. Les Cavaliers avaient galopé partout en grand désordre, les Fous s'étaient réunis dans un coin et échangeaient les derniers potins. Les Tours ne gardaient plus rien, n'importe qui pouvait désormais assaillir les deux royaumes laissés sans défense. Les deux Rois marchaient de concert, gravement, échangeant des nouvelles de la situation. Quant aux deux Reines, elles se disputaient vivement au sujet d'un pique-nique et de la disparition fâcheuse d'une invitée.

Décidément, se dit Alice, les choses ne paraissent pas plus en ordre ici que là-bas. Où est passée l'Écrivaine ? se demanda-t-elle, songeuse. Quel était son nom, déjà ? Ah oui, Alicia. Je n'ai aucune idée de ce qu'elle écrivait. J'aurais dû lui poser la question. Mais elle se souvint qu'elles avaient été toutes les deux très occupées par le couronnement solennel d'Alice.

Je me demande si la vie ressemble à un rêve, se dit la fillette. Lorsqu'on sort finalement du tunnel ou du miroir, c'est peut-être que la vie a passé, et que l'on est devenu vieux. Peut-être la mort vient-elle après le rêve ? Ou peut-être est-ce le rêve qui vient ensuite ? Dans ce cas, suis-je vivante ou morte ? Cette pensée complexe la troubla.

Alice se leva, époussetant sa robe. Elle s'aperçut, avec gratitude et soulagement, qu'un plateau avec son goûter avait été préparé et déposé sur la table basse, attention qui repoussait la perspective de la mort au moins pour une bonne heure. Elle constata avec satisfaction que s'y trouvaient une part de gâteau au chocolat et des scones aux raisins avec du beurre et de la confiture de fraises, sa préférée. Le thé fumait encore dans la théière. Elle se versa une tasse du liquide brûlant et doré et y ajouta un nuage de lait crémeux. Puis elle s'assit par terre, déplia sa serviette et mordit avec appétit dans un scone beurré. De plaisir, elle ferma les yeux.

Puis son œil fut attiré par un morceau de papier qui avait roulé près d'un fauteuil. Elle se leva et alla le ramasser. Il s'agissait en réalité de sa couronne, pliée et froissée, celle que l'Écrivaine lui avait confectionnée et posée sur la tête avec cérémonie et gravité. Comme c'est drôle, se dit Alice, je jurerais d'avoir été couronnée pour de vrai. Mais alors était-ce mon rêve, ou celui de quelqu'un d'autre ? Elle se tourna, songeuse, vers les pièces d'échec et regarda les reines avec insistance, espérant qu'elles se retournent vers elle. Mais elles étaient trop occupées à discuter du scandale du pique-nique. Elle chercha alors l'Écrivaine des yeux, mais rien, dans la pièce, ne rappelait son existence, hormis les livres de la bibliothèque.

Tout de même, se dit Alice, en étalant de la confiture de fraises sur son scone avec application, il faut bien que l'origine du monde existe – elle ne savait pas d'où lui était venue cette idée, c'en était une parmi cent qui l'assaillaient chaque jour –, l'endroit d'où nous venons tous et où nous repartons à la fin. Elle se rappela les mots de l'Œuf alphabète : *C'est bien LA poule qui pont LA œuf ! Ou alors vous êtes totalement analphabète !* Et si les rêves nous emmenaient jusqu'à cette origine chaque nuit ? Et si j'avais vraiment été couronnée Reine dans cet endroit ? Et si la grande métamorphose que réclamait la Lapine Blanche était celle-là ? Devenir Reine ? Ou alors peut-être n'ai-je été faite Reine de rien d'autre que de ma propre vie. Ce n'est peut-être déjà pas si mal de réussir à vivre sa propre vie… Tu ne trouves pas, *Humpty Dumpty* ?

Mais le félin miniature, sa proie enfin attrapée, s'était endormi sur la plume.

L'Œuvre cachée

Alicia se rendit pour un week-end à Cabourg avec Tristan, chez un de ses amis. Ils furent toute une bande à s'y retrouver, essentiellement celle du Grand Lycée Royal. Ils sacrifièrent naturellement au pèlerinage de la chambre de Marcel Proust au Grand Hôtel, et citèrent à qui mieux mieux des passages de la *Recherche* sur la promenade. C'était à qui, d'Elstir ou de Swann, de Françoise ou de Charlus, de Mme de Guermantes ou du Narrateur, avait le mieux saisi le sens profond de l'existence. Alicia, en retrait, les écoutait, admirative.

Dans l'après-midi, l'ami les emmena pour une longue promenade, après Houlgate, le long des falaises, vers les Vaches noires, ces curieux rochers visibles de loin, regroupés sur la plage, entre terre et eau, en un troupeau placide. L'endroit était sublime, les lumières de la côte faites de mille nuances, l'eau et le sable frappés d'infinis reflets. En chemin, la tradition voulait qu'on déniche des fossiles sur le sable, arrachés à la falaise d'argiles et de marnes, où ils dormaient depuis le jurassique et le crétacé. On y trouvait des ammonites, des bivalves, des coraux et, si on avait de la chance, des restes de dinosaures.

Après un moment, alors qu'Alicia progressait, tête baissée, derrière un couple de garçons, en quête de trésors, elle entendit l'un dire à l'autre sur un ton affecté :

— Regarde-moi cette falaise de glaise dégoulinante et humide. Quelle horreur ! On dirait un sexe de femme !

Puis elle les entendit rire. Elle s'ingénia alors à leur passer devant, lâchant à leur hauteur un « Je vous ai entendus ! » déterminé, ce qui les fit glousser de plus belle.

Alicia avait entendu parler par un de ses professeurs d'un tableau secret, un tableau dont on ne prononçait le nom qu'avec d'infinies précautions. Une œuvre invisible, cachée, réservée à quelques initiés. D'ailleurs on ne savait pas où elle se trouvait. Chez un collectionneur privé ? Un amateur discret ? Tout juste savait-on qu'elle existait, qu'elle avait été réalisée pour un diplomate turc, puis vendue à maintes reprises, puis perdue en Hongrie après la guerre, qu'elle était passée à l'Est, puis qu'elle avait été rachetée, notamment par un célèbre psychanalyste. Certains l'avaient vue, ils avaient eu ce privilège. Elle avait été peinte, et pas par n'importe quel artiste, par Gustave Courbet, le grand réaliste, opposé à la peinture académique, aux exagérations romantiques, à l'idéalisme convenu. Courbet, le moderne, le lucide de son temps qui travaillait sur un fond de bitume noir, comme pour se protéger de toute douceur trompeuse.

Ce tableau introuvable représentait, disait-on, un sexe de femme. Un nu magnifique, un torse féminin sans tête, couché, coupé au-dessus des seins avec, au premier plan, ses cuisses écartées, sa toison sombre et sa vulve entrouverte, pudiquement impudique. Ce tableau s'appelait *L'Origine du monde.*

Alicia n'en avait pas cru ses oreilles. Le sexe d'une femme ne pouvait-il figurer, en peinture, avec la tête de sa propriétaire ? Était-ce par trop insupportable qu'une femme vivante, un être humain, avec sa tête, ait un sexe qu'on puisse montrer ?

Les artistes avaient été obsédés par le nu féminin pendant des siècles, jusqu'à le reproduire partout, sur des fresques, des toiles, des pieds de lampe, en architecture sous forme de cariatides, sur des vases, des assiettes, des verres, des miroirs, des dos de brosse à cheveux, et jusque dans les publicités et sur les affiches. Mais tous avaient tourné autour du corps de la femme sans oser vraiment l'approcher, à part les pornographes, bien sûr, mais leur commerce n'avait rien à voir avec l'Art. Seul l'un d'entre eux avait osé peindre l'endroit secret, la porte du tunnel, la frontière troublante, terrifiante peut-être. *L'Origine du monde*. Mais sans sa tête.

Personne n'avait songé à peindre un tableau d'un sexe masculin, et de le nommer *L'Origine du monde*. Ce qui revenait à dire quoi ? se demandait Alicia. Que le monde s'était créé dans l'amour et la douceur ? Dans l'empathie et la compassion ? Et non dans la possession et le mépris, la violence et la mort ? C'est simpliste, se dit Alicia. J'ai croisé des femmes terrifiantes, obsédées par le pouvoir et la toute-puissance. On voit ce dont elles sont capables, quand elles s'en donnent les moyens.

Alicia attrapa le petit miroir sur sa table de chevet et, enlevant sa culotte, le plaça devant son sexe. Qu'y voyait-elle ? Une fente sombre et rose, étrange, elle-même prise dans un entrelacs de pétales et de chemins, comme un labyrinthe. L'Origine du monde.

La jeune femme commençait de se passionner pour Freud, Jung, découvrait des textes inclassables comme ceux de Teilhard de Chardin, et d'autres plus ésotériques encore. « L'esprit de la vallée ne peut mourir, mystérieux féminin », disait le Tao. Elle cherchait, elle tâtonnait. Elle y glanait que nous étions sans doute, par l'esprit, reliés les uns aux autres et à un Grand Tout. Que tout ce qui nous fabriquait, tout ce qui existait en nous, nos cellules avec leurs atomes de matière, leur noyau et leurs électrons, notre système veineux et lymphatique, avec ses artères, ses veines, ses capillaires, notre arbre pulmonaire, avec ses bronches, ses bronchioles, ses alvéoles, notre système digestif, comme un grand nautile, l'ordinateur de notre cerveau, avec ses milliards de connexions fébriles, ses neurones et ses synapses, le réseau de nos méridiens invisibles, notre colonne des chakras, enfin tout ce qui était la carte de notre incarnation semblait la représentation inversée, en petit, de ce qui existait en grand dans l'univers. Notre corps serait le reflet, comme la surface du lac qui renvoie le paysage de montagnes et sa statue de Bouddha, de plus grand que lui. Au grand système du Tout répondrait notre corps. Nos particules élémentaires seraient le reflet des systèmes solaires, nos arborescences veineuses, celui des arbres des forêts. Nos cerveaux, avec leurs réseaux électriques, des routes d'informations codées. En nous des rivières, des coraux, des mousses, des galaxies. En nous les messages secrets du monde.

Alors, le sexe des femmes pouvait-il en être une des portes symboliques ? Et si c'était le cas ? aurait susurré la Chatte-du-Loir-et-Cher, de sa voix suave et moqueuse, en montrant ses dents brillantes comme des lucioles dans l'ombre mystérieuse des frondaisons.

Enfant, Alicia avait lu l'œuvre de Lewis Carroll et s'était vue comme une Alice. Elle avait espéré être aussi curieuse et intrépide. Elle s'était rêvée en exploratrice, en penseuse, en *philosopheuse*. Une fille, une femme porteuse de cette porte en elle. UNE être humaine, en somme.

Elle regarda à nouveau dans le petit miroir. Elle repensa à ses amours, à ses expériences, à ses questionnements. Elle se revit dans tant de situations qui l'avaient dérangée, désarçonnée, blessée. Des situations qui s'étaient révélées périlleuses, privées de sens ou obscures. Et d'autres qui l'avaient enchantée, galvanisée. Qui l'avaient métamorphosée, transformée en femme.

Une porte. C'était quelque chose à creuser, un défi pour l'esprit. Il suffisait peut-être de transformer son regard sur soi. Et sur le monde.

Alicia reposa le miroir et le livre, et eut très envie de se faire une tasse de café, pour changer.

Remerciements

Merci à Joël et à Bernard Debax pour leurs merveilleuses lumières latines.

Merci à Alix, troisième Alice de l'histoire, qui m'a suivie dans le terrier et de l'autre côté du miroir sans hésitation, et sans perdre le Nord.

Et, *last but not least,* merci à Anna pour sa confiance.

La citation du *Tao Te King* de Lao Tseu p. 261 est extraite de l'édition « Espaces libres », Albin Michel 1984. Traduction de Ma Kou, adaptation et préface de Marc de Smedt.

De la même autrice

Romans

Amrita, Flammarion, 2020, J'ai Lu, 2022.

Le Songe du photographe, Albin Michel, 2017, prix des Romancières, prix Marguerite Puhl-Demange, prix Albert Bichot, Grand prix Mazars, prix des lycéens du salon du livre de Chaumont.

La Transcendante, Albin Michel, 2013, prix Révélation de la rentrée 2013 de la Forêt des Livres.

La Nuit n'éclaire pas tout, Albin Michel, 2011, Prix Cazes-Lipp.

Le Paon du jour, Éditions du Rocher, 2007.

Dieu a égaré mon numéro de téléphone, Mercure de France, 2004.

Juste à la porte du jardin d'Éden, Mercure de France, 2001.

Toro, Éditions de l'Arsenal, 1994, sélection France Culture « Premier roman, première dramatique ».

Nouvelles

L'Oiseau de la vingt-quatrième heure, in *24 Histoires du Mans*, Collectif, Belfond, 2017.

La Véritable nage papillon, in *Va y avoir du sport*, Collectif, Gallimard/ L'Écrit du Cœur, 2006.

Un Tour sur les montagnes russes, Éditions du Rocher, 2005

Vie et mort en magasin, Éditions du Rocher, 2004.

Mon teckel à roulettes est un philosophe, Éditions du Rocher, 2004.

Théâtre

Toro ou le voyage en Espagne, dramatique pour France Culture, 1994.

Femme de la ville, in *La Métaphore*, Théâtre National Lille Tourcoing, Éditions de la Différence, 1994.

Essai

Le Loup des Steppes de Hermann Hesse , in *Le livre d'où je viens, 16 écrivains racontent, collectif*, Le Castor Astral, 2012.

Poésie

Ton Monde est le mien, 39 poètes contemporains, anthologie, Le Castor Astral, 2009.

Imprimé en France par CPI
en janvier 2022

Composition et mise en pages
Nord Compo à Villeneuve-d'Ascq

Dépôt légal : mars 2022
N° d'édition : L.01ELJN001020.N001
N° d'impression : 168292